Tucholsky Wagner Zola Scott Sydow Freud Schlegel
Turgenev Wallace Fonatne Twain Walther von der Vogelweide Fouqué Friedrich II. von Preußen
Weber Freiligrath Frey
Kant Ernst
Fechner Fichte Weiße Rose von Fallersleben Richthofen Frommel
Hölderlin
Engels Fielding Eichendorff Tacitus Dumas
Fehrs Faber Flaubert Eliasberg Ebner Eschenbach
Feuerbach Maximilian I. von Habsburg Fock Zweig Eliot
Ewald Vergil
Goethe Elisabeth von Österreich London
Mendelssohn Balzac Shakespeare Dostojewski Ganghofer
Lichtenberg Rathenau Doyle Gjellerup
Trackl Stevenson Tolstoi Hambruch Droste-Hülshoff
Mommsen Thoma Lenz Hanrieder
Dach Verne von Arnim Hägele Hauff Humboldt
Karrillon Reuter Rousseau Hagen Hauptmann Gautier
Garschin Defoe Hebbel Baudelaire
Damaschke Descartes
Hegel Kussmaul Herder
Wolfram von Eschenbach Dickens Schopenhauer Rilke George
Bronner Darwin Melville Grimm Jerome Bebel Proust
Campe Horváth Aristoteles Voltaire Federer Herodot
Bismarck Vigny Barlach Heine
Gengenbach
Storm Casanova Tersteegen Gilm Grillparzer Georgy
Chamberlain Lessing Langbein Gryphius
Brentano Lafontaine
Strachwitz Claudius Schiller Kralik Iffland Sokrates
Katharina II. von Rußland Bellamy Schilling
Gerstäcker Raabe Gibbon Tschechow
Löns Hesse Hoffmann Gogol Wilde Gleim Vulpius
Luther Heym Hofmannsthal Klee Hölty Morgenstern Goedicke
Roth Heyse Klopstock Kleist
Luxemburg Puschkin Homer Mörike Musil
Machiavelli La Roche Horaz
Kierkegaard Kraft Kraus
Navarra Aurel Musset
Nestroy Marie de France Lamprecht Kind Kirchhoff Hugo Moltke
Laotse Ipsen Liebknecht
Nietzsche Nansen Ringelnatz
Marx Lassalle Gorki Klett Leibniz
von Ossietzky May vom Stein Lawrence Irving
Petalozzi Knigge
Platon Kafka
Sachs Pückler Michelangelo Kock
Poe Liebermann Korolenko
de Sade Praetorius Mistral Zetkin

Der Verlag tredition aus Hamburg veröffentlicht in der Reihe **TREDITION CLASSICS** Werke aus mehr als zwei Jahrtausenden. Diese waren zu einem Großteil vergriffen oder nur noch antiquarisch erhältlich.

Symbolfigur für **TREDITION CLASSICS** ist Johannes Gutenberg (1400 — 1468), der Erfinder des Buchdrucks mit Metalllettern und der Druckerpresse.

Mit der Buchreihe **TREDITION CLASSICS** verfolgt tredition das Ziel, tausende Klassiker der Weltliteratur verschiedener Sprachen wieder als gedruckte Bücher aufzulegen – und das weltweit!

Die Buchreihe dient zur Bewahrung der Literatur und Förderung der Kultur. Sie trägt so dazu bei, dass viele tausend Werke nicht in Vergessenheit geraten.

Neue Briefe, für und wider das Mönchswesen - Erster Band

Band 1

Johann Kaspar Riesbeck

Impressum

Autor: Johann Kaspar Riesbeck
Umschlagkonzept: toepferschumann, Berlin

Verlag: tredition GmbH, Hamburg
ISBN: 978-3-8424-1103-6
Printed in Germany

Johann Kaspar Riesbeck

Neue Briefe, für und wider das Mönchswesen,
mit unparteiischer Feder entworfen

Band 1

Neue
Briefe

für und wider

das Mönchswesen,

mit unparteyischer Feder entworfen.

Des jezt regierenden

Kaisers Josephs II
Majestät

Gedruckt im Jahr 1781.

Allergnädigster Herr!

Wahrheit und Friede ist das große Ziel guter
Menschen. Eurer Majestät ist beydes heilig,
und ich schätze mich glücklich, durch das Be-
wußtseyn meiner Gesinnungen, meines un-
endlichen Abstands von Allerhöchst Dero ge-
heiligten Person unerachtet, mich Euer Majestät allerdevotest nähern zu därfen. Wahrheit
und Friede ist es, was in diesen Briefen spricht,
die ich vor Allerhöchst Dero Thron niederlege,
und ersterbe

Euer Kaiserlichen Majestät

allerunterthänigster Knecht,
der Verfasser.

Vorbericht.

Nicht wahr, lieber Leser, Sie würden mir doch nicht glauben – wenn ich Sie auch beschwören wollte, es für wahr zu halten, – daß ich zu diesen Briefen, so wie sie hier vor Ihren Augen liegen, auf eine ganz wunderbare Art gekommen bin. Glauben Sie indessen, was Sie wollen, der Wahrheit werden Sie, auch durch hartnäckigste Zweifelsucht, und durch die feinsten Widersprüche keinen Schaden thun. Und an dieser liegt mehr, als an dem Umstand, wie diese Briefe in meine Hände gerathen seyen. Die beeden Freunde werden selber nicht wissen, wie ihnen geschehen ist, daß ihr treuherziger Briefwechsel so unvermuthet an das Licht kommt. Aber eben das macht sie um so schätzbarer. Denn in der gewissen Zuversicht, daß ihre Eröfnungen niemand zu Theil werden würden, schrieben sie ohne allen Rückhalt, und theilten einander mit, was sie als gute katholische Christen ohne Gewissensangst gewiß der Presse nicht übergeben hätten.

Damit meine Leser sehen, daß ich unparteyisch bin, so liefere ich ihnen das pro und contra. Wählen Sie selbst nach ihrer Einsicht und Gewissen. Sie werden verschiedenes antreffen, das Verbesserungen, Ergänzungen und Berichtigungen dessen enthält, was die Welt seit kurzem in Absicht auf die katholische Geistlichkeit und andere dahin gehörige Dinge mit so großer Begierde gelesen hat.

B. den 22 Sept. 1781.

Der Herausgeber.

I. Brief.

B – g. Den I Sept. 1781.

An seinen Freund M – g in N – M.

Sie haben mir mit den Briefen über das Mönchswesen, über den Cölibat, aus dem Noviziat[1] der katholischen Geistlichen, über das Grab der Bettelmönche, und: Nicht mehr und nicht weniger als XII Apostel, und anderm mehr ein sehr angenehmes Geschenk gemacht. Zwar fiel mir, da ich nach Eröfnung Ihres Pakets mit meinen Augen auf so viele Stücke von ähnlichem, oder beynahe ganz einerley Innhalt stieß, Gellerts grüner Esel[2] ein. Sie wissen, daß Menschenliebe meine Leidenschaft ist, und daß mir aus diesem Grunde nichts unausstehlicher seyn muß, als Ausfälle auf Menschen, die nicht allemal dafür können, daß sie sind, was sie sind; und die sehr oft unter ihrer äusserlichen Lage seufzen, ohne den geringsten Strahl der Hofnung eine Veränderung auch nur von ferne zu erblicken. Alles scheint sich wider die Mönche verschworen zu haben; und wer von der Erziehung nichts zu schwätzen weiß, wählt sich flugs die katholische Geistlichkeit, in und ausser den Klöstern, um entweder seinen Witz einen Tummelplatz anzuweisen, oder seine Galle auszulassen. Laß leben, laß leben, sagte ein Franzos in gebrochenem Deutsch, als er einen muthwilligen Buben in einem Wirthshause auf eine Wefze Jagd machen sah; es ist Platz genug in der Welt. In der That, Freund, es könnte sich leicht zutragen, daß die Verfolgten am Ende mehr bey dieser Scene gewännen, als die Verfolger. Sie wissen ja das Sprüchlein: Sanguine plantata est – fanguine creuit – fanguine fuccreuit.[3] – Wie manchem ehrlichen Bewohner einer Zelle mag das ein herzerquickender Zuspruch seyn, der

---

[1] Noviziat – s. Pezzl im Dictionnaire Personen

[2] Gellerts grüner Esel – eine Fabel von Gellert. (»Ein Ding mag noch so närrisch sein, / es sein nur neu; so nimmt's den Pöbel ein; / Er sieht und er erstaunt. Kein Kluger darf ihm wehren. / Drauf kömmt die Zeit und denkt an ihre Pflicht; / denn sie versteht die Kunst die Narren zu bekehren, / sie mögen wollen oder nicht.«)

[3] Sanguine ... – Durch Blutvergießen ist sie gepflanzt worden – durch Blutvergießen ist sie gewachsen – durch Blutvergießen ist sie groß geworden.

sich bereits bey den so sehr gespitzten Federn antimönchischer Schriftsteller, und den Anstalten einiger gegen diese bedenklichen Einstreuungen gar zu folgsamen Höfe vor Angst nicht mehr zu fassen wußte. Durchs Gedränge, zum Gedränge, denkt er nun, und macht es zum Innhalt seines täglichen Gebets, daß Gott ihn und seine bedrängten Brüder die Erfüllung dieses trostvollen Wortes je bälder je lieber wolle erfahren lassen. – dieß waren meine ersten, schnellen Betrachtungen, die mir der Anblick der Schriften, die ich Ihrer Gütigkeit zu danken habe, ablockte.

Nun habe ich sie durchgelesen – Sie erwarten meine Gedanken darüber. Ich eile, Ihnen solche mitzutheilen, und bitte nur, mir der Simplicität, die Sie in meinen Briefen antreffen werden, Geduld zu haben. Doch, sie sind ja nicht für das Publikum bestimmt; und wenn wir die große Entfernung von Ihnen die mündliche Unterhaltung nicht unmöglich machte: so würde ich mich bey aller Behutsamkeit, die ich mir im Schreiben zur Regel mache, doch gewiß nicht dazu entschlossen haben, die Feder anzusetzen. Ich fürchte überdieß, mich selbst zu verurtheilen, da ich Ihnen bereits bezeugt habe, daß ich mit der Schreibseeligkeit unserer Tage über diesen Gegenstand, aus mehr als einer Ursache, die Sie in den folgenden Briefen finden werden, nicht so ganz zufrieden bin. Lassen Sie mich vom Herzen weg sprechen. Ob die Schriften, von denen die Rede ist, Katholiken oder Protestanten zu Verfassern haben; ob es Gelehrte, oder Laien seyen; – ob sie in Oesterreich oder in Schwaben, in Franken oder in Westphalen, in Baiern oder in dem Burgundischen Kreise sich aufhalten; – ob hin und wieder Erdichtungen, oder wahre Begebenheiten eingeflossen seyn; – ob bey diesem oder jenem Verfasser hämische oder redliche Absichten zum Grunde liegen, – davon sichere Nachrichten zu haben, werden sie, mein Freund, wohl so sehr wünschen, als ich. Wir würden natürlicher Weise dadurch in der gründlichen Beurtheilung dieser Aufsätze sehr gefördert werden. Manches würden wir sonnenklar verstehen, das für uns nun in grosse Dunkelheit eingehüllt ist. Vielleicht würden wir auch von manchem Argwohn geheilt werden, den wir nun nähren, wenn wir bald da, bald dort Anekdötchen antreffen, die auf gewisse Personen sicher zu passen scheinen, da sie doch kein Haar davon angeht. – Eben werde ich durch zween Terminanten abgerufen. – Sie sollen nächstens, wenn Ihnen anders dieser Brief nicht mißfallen hat, einen zweyten von mir erhalten; aber unter keiner andern Bedingung, als daß Sie mir auf jede meiner Zuschriften redlich und pünktlich antworten.

Ich bin etc.

II. Brief.

N – M. den 10 Sept. 1781.

An L. R. B. in B – g.

Wunder meynte ich, was ich mit meinen Heften für Ehre bey Ihnen einlegen würde. Und so ernstlich Sie mir sagen, daß ich Ihnen ein angenehmes Geschenk damit gemacht habe, so traue ich Ihnen doch nur halb. Ich weiß nicht, auf was für seltsame Betrachtungen Sie entweder eine Anwandlung von Milzsucht, oder, (vergeben Sie mir meine Freymüthigkeit) ein überspanntes Nachdenken, oder gar übertriebene Menschenliebe, verführt hat. Also glauben Sie im Ernst, die Invectiven wider die Mönche könnten gerad entgegengesetzte Wirkung thun; könnten erst zärtliches Mitleiden mit diesen gekränkten Menschenkindern auch in den Herzen solcher, die ihnen vorher lieber zu Grabe gesungen hätten, rege machen; könnten könnten ihre Freunde und Vertheidiger, an denen es doch gewiß gar nicht fehlt, so sehr Alles wider sie aufgebracht zu seyn scheint, erst erhitzen, sich ihrer desto eifriger anzunehmen? Vielleicht hoffen oder sorgen Sie gar, (denn ich gestehe, daß ich mich in den Zusammenhang Ihrer Gedanken nicht recht zu finden weiß) bey diesen guten Kreuzbrüdern möchte in die Erfüllung gehen, was jenes Sinnbild ausweißt: Ein Lutherischer Prediger, dem seine Kirchkinder, aus was für Ursache, ist mir unbekannt, ein wenig unsanft zu Leibe gegangen waren, gab ihnen zum Trotz, cum permissu Superiorum, eine kleine Sammlung von Homilien heraus. Die Vorrede dazu, in der er weinerlich genug gethan hatte, beschloß er siegreich mit einer Vignette, die eine Buchdruckerpresse vorstellte, mit der Innschrift:

> Auf diesen harten Druck
> Folgt der Buchstaben Schmuck.

Meynen Sie nicht, daß das hieher passe, so verzogene Gesichter unsre Schöngeister über diese Erfindung und Poesie machen mögen? Mir wenigstens gefällt beydes, so sehr es nach der alten Welt riecht, und ich wollte es wirklich den lieben Leuten im Chorrock und der Kutte, wenn ihnen die Zeichen dieser Zeit den Angstschweiß auspressen, zur andächtigen Beherzigung angelegentlichst empfehlen. Wer weiß, was ihre Drangsaalen, wenn sie aufs höchste gestiegen sind, noch für ein glorreiches Ende nehmen? Es ist noch nicht aller Tage Abend, denkt ohne Zweifel gegenwärtig mancher Exjesuite. Wollen sich diese das Leben noch nicht absprechen lassen, die Ganganelli doch schon vor 8 Jahren unwiederruflich zum Tode verurtheilt, und seine Sentenz exequirt hat: wie wenig darf es denen, wenn man der Sache auf den Grund steht, im Ernst bange seyn, mit denen es doch noch lange nicht so weit, als mit den Vätern der Gesellschaft Jesu, gekommen ist. Sie mögen es also im Ernst meynen oder nicht, Freund, was Sie mir schreiben; Ihre Ausdrücke mögen Zierereyen, oder sonst etwas seyn, das Sie selbst nicht wissen; Ihr Unwille darüber, daß gegenwärtig in den Studierstuben der Gelehrten, und in den Buchläden alles von Schriften über die Geistlichkeit in der römischen Kirche wimmelt, mag Quellen haben, welche er will, das gehört, wenn Sie mirs nicht übel nehmen wollen, alles nicht zur Sache. Die Frage ist: hat der Verfasser der Briefe über das Mönchswesen, über den Cölibat der Geistlichen in der katholischen Kirche, u. s. w. er mag nun zu dieser oder jener Kirche gehören, und wenn er ein Beschnittener wäre; er mag lautere oder unlautere Absichten haben, und er mag sie erreichen, oder nicht – hat, sage ich, dieser Schriftsteller, Gründe, oder ist, was er sagt, aus der Luft gegriffen? Fertigt er seine Leser mit leichten Räsonnements ab; oder ist es ihm um Gründlichkeit zu thun? Führt er Thatsachen an, oder sind seine Histörchen Erdichtungen, denen es wenigstens nicht an Wahrscheinlichkeit fehlt, und wozu man wohl gar die Gruppen hie und da antrift, und sie nur zusammensetzen darf, um sehr wohlgetroffene Schilderungen zu haben? Nun so beruhigen Sie sich mit dem Gedanken: Wahrheit kann niemal schaden; vielmehr kann sie denen, denen sie in ihren Busen geschoben wird, sehr heilsam seyn. Was kann ich dafür, daß so vieles wahr ist? – Was kann ich dafür, daß, wenn ich Sie nur in den Harnisch bringen möchte, ich Sie mit Begebenheiten aus der Chronique scandaleuse unsrer Geistlichkeit ganze Tage bedienen könnte, von denen ich theils einen Augenzeugen abgegeben habe, theils, weil nicht alles Unerbauliche von dieser Art Augenzeugen leiden mag, es dennoch so tüchtig erwiesen würde, als immer etwas zu erweisen ist. Ich fordere bey allem dem, was ich Ihnen hier schreibe, nicht, daß Sie nur das mindeste von der Hochachtung und Ehrerbietung gegen den geistlichen Stand fahren lassen. Betrachten Sie immer diese Leute als Diener der Religion, als Haushalter über Gottes Geheimnisse, benutzen Sie ihr Amt zum Heil Ihrer Seele, haben Sie Geduld mit Ihren Gebrechen, wie Sie bisher gethan haben; muthen Sie mir nur nicht zu, sie für mehr zu halten, als Sie sind, das, was ich an andern verabscheuen muß, an ihnen zu verehren, und so an Tugend und Rechtschaffenheit ein Verräther zu werden. Da sey Gott für, daß Sie sich Ihre Menschenliebe so weit irre führen ließen, dergleichen Forderungen an mich zu thun. Meinetwegen füllen Sie die Bettelsäcke der Terminanten die Woche zweymal bis oben an; darinn mag Ihre wohlthätige Liebe sich weidlich üben. Nur sehen Sie zu, daß Sie nicht ungerecht gegen andere Nothleidende handeln, die keine Kutten tragen, und ihre Familie hintansetzen, die die erste Ansprache an Ihr gutes Herz hat. Antworten Sie mir bald.

Ich bin etc.

III. Brief.

B – g. Den 24 Sept. 1781.

Ich sollte nur alles wieder zurücknehmen, was ich Ihnen über Ihre Gütigkeit, mir die neuen Schriften, über das Mönchswesen etc. zuzusenden, vor 3 Wochen Schönes gesagt habe. Hören Sie, was mir begegnet ist. Ich verschloß sie sorgfältig in meinem Schreibtisch, und las sie immer nur verstohlener Weise, wenn ich vor den forschenden Blicken meiner Frau, und eines meiner Söhne, der, um seiner unaufhaltbaren Begierde zu den Büchern willen, zum Studieren bestimmt ist, sicher seyn konnte. Allein, wenn der Unstern kommt, so hilft nichts dawider. Ein Besuch von einem benachbarten Beamten, der mir, da ich an nichts weniger dachte, über den Hals kam, riß mich so zur ungeschickten Stunde von meinem Stuhle weg, daß ich die Bücher zu verschließen vergaß. Kurz, ein Bändchen von den Briefen über das Mönchswesen, und die Briefe aus dem Noviziat geriethen dem Knaben, dessen Falkenaugen nichts, was gedruckt ist, entgehen kann, in die Hände, und während der Unruhen im Hause wußte er sich der Gelegenheit, allein zu seyn, meisterlich zu bedienen. Er setzte sich in eine Ecke, und las in gar weniger Zeit mehrere Bogen mit solcher Gierigkeit, daß ich, wie Sie im Erfolg hören werden, es nicht genug bedauern kann, nicht vorsichtiger gewesen zu seyn. Hätte ich damals, als ich mich mit dem Fremden den Nachmittag über ganz artig unterhielt, vorausgesehen, was meinem Hause für ein Sturm bevorstünde, welche Angst würde sich meiner Seele bemächtigt haben! Der Junge legte das Buch, nachdem er sich satt gelesen hatte, wie ich nachher erfuhr, unter dem Abschiednehmen des Beamten, wieder so fein an seinen Ort, daß mir nichts Böses träumte, als ich mich meinem Schreibtisch wieder näherte. Aber ich bemerkte, so bald wir wieder allein waren, Dinge in seinem Gesicht, die mich genug von dem unterrichteten, was geschehen war. Bey dem Abendessen fand ich ihn bald trotzig, bald aufgeräumt. Die ihm sonst natürliche Stille und Einkehr in sich selbst, die mich auf den Entschluß gebracht hatte, ihn dem Kloster zu widmen, war weg; er drang sich recht zu Gesprächen über dieß und jenes mit mir, wornach er vorher niemals das mindeste gefragt hatte. Wäre der Wein nicht eine so große Seltenheit in meinem Hause, ausser, wenn mich die Patres von O – h etwa besuchen, da ich dann erst eine Partie anderswoher muß bringen lassen: so wäre ich auf den Gedanken gekommen, der Bube habe sich besoffen. Aber leider, das war es nicht. Papa, fieng er plötzlich an. Die Reise ins Kloster nach R – wird doch noch einige Wochen Verzug haben? Oder nehmen Sie meinen andern Bruder mit, ich bleibe gern zu Hause. Es ist mir ohnehin nicht mehr recht wohl in meinem Innwendigen, seitdem ich erfahren habe, was alles in den Klöstern passirt. Geben Sie mir lieber, wenn Sie dahin abreisen, einige von den neuen Büchern, wovon ich Sie ein paarmal mit guten Freunden habe sprechen hören; ich küsse Ihnen die Hände, ich thue alles, was Sie haben wollen, lassen Sie mich nur auch etwas anders lesen, als die Geschichten von den Heiligen, die ich immer auswendig lernen muß; von dem Bilde des gekreuzigten Gottes, dem erst kurz der Bart sichtbarlich gewachsen seyn soll; von den Kreuzpartikeln, wodurch Kranke gesund werden, und was dergleichen mehr ist, das ich eben jetzt nicht mehr glauben kann, ich weiß nicht warum? Verzeihen Sie mirs, wenn es gottlos ist, daß ich so rede; aber ich kann nichts dafür. Ich wurde roth, und meine Frau, die über die Aeusserungen ihres Lieblings, deren sie sich in Ewigkeit nicht versehen hätte, fast in Unmacht gefallen war, erblaßte. Mir fiel in der Schnelle ein, die Briefe über das Mönchswesen, und anderes möchte ihm den Kopf verrückt haben, und sie könnten ihm gerade zu der Zeit, da ich aus meiner Amtsstube abgerufen wurde, in die Hände gerathen seyn. Ich tröstete mich wieder, da ich geschwind nachsah, und alles an seinem rechten Ort in bester Ordnung fand. Aber, Freund, geschehen war doch geschehen. Mein Trost war bodenlos. Und das Schlimmste kommt jetzt erst. Die Verlegenheit, in die mich der Junge setzt, kommt mit dem, was ich nun mit meiner Frau auszustehen habe, in keine Vergleichung. So gehts, fieng sie an, nachdem sie sich von dem tödtlichen Schrecken über die sauberen Vorschläge ihres Kindes wieder erholt hatte, so gehts mit den kezerischen Büchern, die du ins Haus bringst. Jetzt ist der arme Xaveri verführt, und der Pursche, der meiner Augen Lust war, fährt gewiß zur Hölle, wenn er nicht ins Kloster kommt; und wenn du ihn darein zwingst, so springt er über Nacht wieder heraus, und ich muß meine grauen Haare mit Schmerzen in die Grube bringen. Es wird nicht fehlen, so wirst du auch noch verderbt. Wenn nur die Gottesverläugner, die solche teuflischen Dinge über die Geistlichen und Klöster schreiben, bey ihre gleichen blieben, und wenigstens uns christkatholische Seelen nicht mit ihren Gottlosigkeiten ärgerten. u. s. w. Rathen Sie mir, was sollte ich sagen? – – Den weitern Erfolg erfahren Sie in meinem nächsten Brief. Beten Sie für mich, für meine aufgebrachte Frau, für mein armes verirrtes Schaf.

Ich bin etc.

IV. Brief.

Antwort auf den vorhergehenden.

Gottlob, daß wir keine Spanier sind; sonst wäre nur ein Schritt zwischen uns beeden und der Ketzerkappe. Ich müßte auf den Scheiterhaufen wandern, daß ich, ohne Erlaubniß und Vorwissen meines Beichtvaters, die verzweifelten Bücher ins Haus gebracht, und Ihnen überschickt habe; und Sie hätten wenigstens das Gefängnis zum Lohne, daß Sie ihrem armen Kind, wiewohl ohne Vorsatz, so ganz wider Willen, die Augen öfnen, und es in dem Entschluß, die Kutte anzulegen, irre zu machen. – Nein, wir athmen freyere Luft in Deutschland. Wenn solche Bücher im heiligen Römischen Reich gedruckt werden därfen, so darf man sie auch darinn lesen; und Trotz sey dem geboten, der wider diesen Schluß etwas einwenden will. Joseph ist ein gut katholischer Christ; und doch ist die Preßfreyheit in seinen Landen, in denen man doch wahrlich dem heiligen Stuhl zu Rom von Herzen beygethan ist, auf einem guten Fuß. Lesen Sie also auch getrost, was man immer von diesen Sachen schreibt. – Prüfet alles, und das Gute behalten, das hat Paulus für uns, wie für die Lutheraner, in die Bibel gesetzt. Fragen Sie Ihren braven Pfarrer, er wird es Ihnen nicht widersprechen, und Ihnen nur ein unparteyisches Nachdenken über alles, was Sie lesen, dringend empfehlen. Die Wahrheit wird durch Widersprüche, sollten sie auch noch so scheinbar und spitzig seyn, eher aufrecht erhalten und bekräftigt, als niedergedrückt. Aber Ihre liebe Frau, und Ihr Xaveri – Nun ich gestehe, das wünschte ich anders zu seyn. Der Hausfriede ist eine Sache, die einem um alles in der Welt nicht feil seyn soll. Doch ist der Karren nicht so verführt, daß nicht noch zu helfen wäre. Ich will Ihnen einen Vorschlag thun. Geben Sie Ihrem leslustigen Jungen, weil er sich einmal in diese Bücher vergaft hat, solche nun erst in die Hand. Sagen Sie ihm, daß es Schriften wären, die bey Leibe nicht von Lutheranern oder Reformirten, sondern von guten Katholiken, und in einem ganz christkatholischem Lande, geschrieben worden seyen; daß sie wohl gar in einem Kloster gebohren worden seyn könnten; versichern Sie ihn, daß, wenn er auch nicht dahinter gekommen wäre, Sie ihm diese Bücher zu seiner Zeit selbst würden gegeben haben; thun Sie nicht, als ob es Ihnen leid wäre, daß es so gegangen sey; und wenn Sie allenfalls sich Ihre Bekümmerniß über diesen Vorfall schon allzusehr hätten anmerken lassen, so sehen Sie, wie Sie wieder einlenken, und das Verderbte gut machen. Wollten Sie zu heftig mit ihm verfahren, so könnte aus Uebel ärger werden. Lassen Sie ihn die Briefe unter Ihren Augen lesen; fragen Sie ihn, wie er dieß und jenes verstehe; geben Sie ihm Erläuterung, wo er sich nicht heraus finden kann. Was gilts, es wird besser gehen, als Sie glauben, und auch Ihre Frau wird die Flüche wieder zurücknehmen, die Sie Ihnen bereits angekündigt hat, daß Ihr guter Xaveri durch Ihre Unvorsichtigkeit an den Rand des Abgrunds geführet worden, wenn er einst von ganzem Herzen sich in das Ordenskleid einhüllen wird. Was Sie übrigens Ihrer lieben Hälfte ausdrücklich zu ihrer Beruhigung sagen sollen? – Ich dächte, Sie sprächen mit Ihr aus dem nämlichen Ton, wie mit dem Sohn; und wenn sie nicht so gelehrig ist, als Sie wünschen, so schweigen Sie; die beste Parthie, die die vernünftigsten Männer ergreifen können. Mit der Zeit giebt sichs auch, und der Xaveri wird ohnehin das meiste zu ihrer Herumholung beytragen, wenn er sich, wie ich nicht zweifle, beeifern wird, ein desto untadelhafterer Ordensgeistlicher zu werden, je wenigere von dieser Art in den Klöstern anzutreffen seyn möchten. Alsdann ist die Freude, die sie an ihm haben kann, desto größer, und sie hat der Kirche ein um so vortreflicheres Opfer gebracht, auf das sie stolz seyn und sich recht viel darauf einbilden darf, einen so würdigen Sohn gebohren zu haben. Ich bin sehr begierig, aus Ihrem nächsten Brief zu vernehmen, daß mein Rath zu Ihrer Freude zu spat gekommen, und daß in Ihrem Hause alles wieder in der besten Ordnung sey. Das würde mir mein Herz auch leichter machen, weil ich doch dieß Feuer, in der Hauptsache, durch Ueberschickung jener Stücke angezündet habe. Noch Eins! Haben Sie Plüers Reise nach Spanien nicht gelesen? Er war Prediger bey der dänischen Gesandschaft. Nun, dem Mann darf man nicht trauen, weil er ein Lutheraner, und noch dazu ein Geistlicher ist – Sie werden mir doch das nicht im Ernst entgegen halten; gerade als ob unsere Religionsverwandte die Wahrheit in historischen Dingen verpachtet hätten!

Ich bin etc.

V. Brief.

Antwort auf den vorhergehenden.

Theurer Freund, Sie freuen sich gewiß mit mir, wenn ich Ihnen berichte, daß sich das Ungewitter in meinem Haus gnädig niedergelassen habe. Es ist alles wieder ganz ruhig; und ich weiß nicht, ob ich Gott dafür danken soll, daß er mir diese Prüfung, wenn ichs anders so nennen darf, zugeschickt hat. Wenigstens kann ich nicht froh genug über ihren Ausgang seyn. Meine Frau, die durch die Erklärung ihres Xavers aufmerksam geworden war, wollte diese Bücher durchaus auch lesen. Sie ihr in die Hände zu geben, hielt ich nicht für rathsam. Ich las ihr also daraus vor; natürlich suchte ich die unverfänglichsten Stellen aus. Vieles leuchtete ihr ein; manches, das ihr nicht behagen wollte, wußte ich ihr auf eine gute Art zu erläutern, und in einem solchen Lichte vorzustellen, daß es nicht mehr so fürchterlich herauskam. Die Briefe aus dem Noviziat fielen ihr allein dergestalt aufs Herz, daß sie in Absicht auf die Bestimmung unsers Kindes zum Kloster zwischen Thür und Angel war. Die mütterliche Zärtlichkeit protestirte endlich ein für allemal wider die Kutte. Soll ich mit meinem Kind von seiner Empfängnis an bis hieher so viel ausgestanden haben, und es nun der strengen Klosterzucht, dem Cilicium, preiß geben, sagte sie; die Stunde müßte ich verwünschen, in der ich seine Mutter worden bin, wenn ich gleichgültig dabey seyn könnte, ihn so mißhandeln zu lassen. Die Martern der ersten Christen unter den heidnischen Kaisern sind Bagatellen gegen dem, was ein junges Blut in den Klöstern ausstehen muß. Nein, da sey Gott für, daß Xaver auch so ein Schlachtschaaf wird. Und, Schatz, sprach sie zu mir, ich gebe dirs auf dein Gewissen, wenn ich heute sterbe; ins Kloster soll er nicht. Sie küßte mich noch gar dafür, daß ich die Bücher ins Haus gebracht hätte, und verlangte nun, daß der Junge solche erst recht mit Fleiß lesen sollte, damit ihm ja der Appetit, ein Mönch zu werden, auf ewig vergehen möchte. Xaver sah diesen Auftritten von ferne mit innigster Wonne seines Herzens zu; die Haut schauerte ihm nicht mehr vor dem Cilicium und der Kutte; sein Herz erweiterte sich, weil er wußte, daß die bereits veranstaltete Reise nach R – – – n wieder auf weiß nicht wie lang, verschoben worden war. Ein Weltgeistlicher zu werden, we[i]gerte er sich nicht. Er versprach mir, nun gedoppelten Eifer aufs Studieren zu wenden, um seinem Stand,wenn er einst eine Pfarre bekäme, Ehre zu machen, und die unwissenden Mönche, wenn sie ihn zu Hof rufen würden, nachdrücklich zu beschämen. Damit war seine Mutter auch zufrieden; und mir ist es nun seit dem so leicht ums Herz, daß ich wie neu gebohren bin. Doch, ich halte Sie zu lang mit meinen häuslichen Angelegenheiten und Vorfällen auf. Ich mußte sie aber erzählen, um Ihnen zu sagen, daß ich Ihnen erst jetzt recht dankbar für die Mittheilung der Schriften über unsere Geistlichkeit seye, weil ich nunmehr seit dem erzählten Vorgang in meiner Familie auf Einmal der heimlichen Sorge, die mich schon lange quälte, wie es mit meinem Sohn im Kloster gehen würde, loß worden bin. Und nun näher zur Sache. Ich will Ihnen meine Bemerkungen über alle mir übersandte Schriften, so wie sie mir in die Feder kommen, ohne allen Rückhalt mittheilen. Ich weiß, Sie machen keinen andern, als freundschaftlichen Gebrauch davon. Machen Sie es, wie ich. Von dem, was ich hier schreibe, soll weder Frau, noch Xaver, eine Sylbe erfahren. Wenn die 4 Bände der Briefe über das Mönchswesen einen Katholiken zum Verfasser haben, wie man versichern will, und ich selbst unläugbare Beweise davon in verschiedenen Stellen angetroffen zu haben glaube, so kann ich mich, aufrichtig zu gestehen, in diesen Schriftsteller nicht finden. Wäre der Autor ein Protestant, nun so legte ich das Buch auf die Seite, und es sollte mich kein Buchstabe darinn irren, weil man es an den Unkatholischen schon lange gewohnt ist, daß sie nie beredter sind, als wenn es auf Lungenhiebe wider die Rechtglaubigen ankommt. Passionen regieren ihre Federn, und was in ihrer Kirche noch so verehrungswürdig und löblich ist, das muß in unserer Kirche tadelns= und verabscheuungswürdig seyn. Und was wissen sie denn, wenn mans beym Licht besieht, von dem Mönchsstand? Nichts, als was sie vom Hörensagen, von undankbaren, lügenhaften Ueberläufern von uns zu ihnen, wissen – Aber daß ein Römischkatholischer Christ so treulos an seinen Glaubensgenossen handeln solle, das ist mir ein Räthsel. Gesetzt, es hätte alles, was in diesen 4 Bändchen steht, seine unwidersprechliche Richtigkeit; Sie kennen meine unparteyische Gedenkungsart, es kann wirklich vieles, und noch mehr, als da geschrieben steht, wahr seyn; muß mans den ausposaunen? Muß man den Feinden unserer Kirche, deren alle Tage mehr wird, auf unsere Unkosten etwas zu lachen und zu spotten geben? Muß man so manchen Irrglaubigen, die vielleicht gerade auf dem Sprung sind, in den Schooß der wahren Kirche zurückzukehren, den Weg auf diese Weise versperren, und sie davon abhalten? Die Convertiten nehmen ohnehin zusehens ab; woher kommts unter anderm, als daher, daß sie sehen und hören, unsere Welt= und Ordensgeistliche sind unsern Leuten selbst zum Gelächter. Solche Schriftsteller gehören so gut unter die wilden Säue, die den Weinberg Gottes verwüsten, als die Abtrünnige. Ja diese sind noch entschuldbarer in meinen Augen, weil sie im Finstern tappen, da die Unsern erleuchtet seyn könnten und sollten. Wäre der Verfasser ein Weltgeistlicher, so wunderte ich mich eben nicht ausserordentlich. Die Antipathie zwischen diesen und den Mönchen, ist ein altes Herkommen, und sie wird wohl bis ans Ende der Welt fortdauern. Aber auch einem Weltgeistlichen wäre es nicht zu verzeihen, wenn er sich den observanzmäßigen Haß zu solchen unverantwortlichen Ausfällen hätte verleiten lassen. Beede Theile sollten vielmehr die Hände zum Frieden und zur Aussöhnung bieten, und alsdann mit vereinten Kräften den heimlichen und offenbaren Feinden der Kirche auf den Leib gehen. Aber bey solchen Umständen nimmt die Hofnung der Erscheinung dieses glücklichen Zeitpunktes, dem ich mit andern Gutgesinnten schon längst mit Sehnsucht entgegen gesehen habe, eher ab als zu, und geben Sie acht, wir sind unsern Aufpassern zum Raub worden, ehe wir glaubten, daß es möglich wäre. Wenn ich erst noch an das gedenke, daß das Schriften sind, die an den Höfen recht werden verschlungen werden, wo man, anstatt, wie es ehmal Mode war, Helden im Trinken am meisten zu verehren, und in die Wette zu saufen, über Wissenschaften zu diskuriren und nebenher auch Projekte zur Vermehrung der Kammereinkünfte aufs Tapet zu bringen: wie willkommen müssen nicht diesen dergleichen Bücher seyn, worinnen den Politikern, die vorher wenig nach der Kirche und ihren Dienern fragen, so schön in die Hände gearbeitet wird! Man sollte den Fürsten nicht noch mehr sagen, als sie schon wissen, und lieber den Vorhang vor manche Scene ziehen, als solche Blössen geben. Ich hätte noch mehr auf dem Herzen, das ich aber für einen andern Brief aufheben will, wenn Sie anders Geduld haben, meine fernere Gedanken über diesen Gegenstand zu lesen.

Ich bin etc.

VI.

Antwort auf den vorhergehenden.

Die wieder hergestellte Ruhe in Ihrem Hause hat eine ganz andere Würkung bey Ihnen hervorgebracht, als ich vermuthet habe. Jetzt verstehe ich Ihr erstes Schreiben erst recht. Gestehen Sie es nur, daß Ihre Dankbarkeit gegen mich für die Uebersendung der mehrmal benannten Schriften sehr mittelmäßig ist, und daß ich Ihnen mit den Predigten des berühmten P. Merz in Augspurg, der, seiner eigenen und vieler ihm ähnlich gesinnten christkatholischen Seelen Meynung nach, ehe 2 Duzend Jahre herum sind, nicht nur das südliche Deutschland vollends ganz katholisch machen, sondern seine Eroberungen auch gegen Norden ausbreiten wird, ein weit angenehmeres Geschenk gemacht hätte. Das hätte ich nicht gedacht, daß Sie als ein so wahrheitliebender Mann so scheel zu der Wahrheit sehen würden, die, wie Sie selbst bekennen, doch in jenen Büchern gar nicht auf die Seite gesetzt ist. Was martern Sie sich doch, um alles willen, noch mit der Frage: ob diese Schriften aus der Feder eines Katholiken, oder Protestanten geflossen seyen? Meinetwegen das letzte. Was liegt daran? Hat ja der Teufel selber, der uralte Lügengeist, mit unter Wahrheiten gesagt, wenn ihrer schon wenige sind. Und wenn Luther, oder Zwingli, oder Calvin selber die Briefe über das Mönchswesen geschrieben hätten, so wäre ich, wenn ich ehrlich handeln wollte, nicht befugt, sie voraus und unverhört zu verurteilen. Ist denn alles, was diese und ihre Anhänger sagen und schreiben, bis auf das kleinste Jota erlogen; und alles, was mit Erlaubnis der Obern von unsern Leuten gedruckt wird, baare, nakte Wahrheit, an der man, wenn man der Excommunication nicht mit haut und Haar heimfallen will, keine Minute zweifeln darf? Freund, für so orthodox hätte ich Sie in meinem Leben nicht gehalten. Was doch aus den Leuten werden kann! Ich glaube, Sie wären im Stand, einen neuen Mönchsorden zu stiften, um die Lücke, die die nun erblaßte Gesellschaft Jesu in der Kirche gelassen hat, wieder auszufüllen, und alsdenn sich für den Wohlstand und die Aufrechterhaltung aller Orden verbrennen zu lassen? Besinnen sie sich, und lassen Sie ja keinen Widerspruch in Ihren Gesinnungen und Betragen aufkommen. Sie haben sich zu dem Entschluß bringen lassen, Ihr liebes Kind mit der Kutte zu verschonen; zu verschonen, sage ich: Sie wissen, was ich damit meyne. Nun warum wollen Sie dann die Parthie der Mönche ohne alle Ausnahmen nehmen? Ich behalte das weitere für mich, was ich Ihnen hierüber sagen wollte und könnte. Ich habe Ihnen schon bezeugt, daß ich mich auf den Umstand gar nicht einlasse, ob die Briefe von Katholiken oder Protestanten herrühren. Mir ist das Einerley. Ich lese und untersuche nur, obs Wahrheit ist, was ich lese, und ob die eingestreute Betrachtungen etwas oder nichts auf sich haben; um alles andere bekümmere ich mich nicht. Und warum, gesetzt, das alles habe ein Katholike geschrieben, soll das an seinen Glaubensgenossen treulos gehandelt seyn? Greift man denn der Religion selbst an die Seele, wenn man aus der Kirchengeschichte zeigt, wie der Mönchsstand aufgekommen, und wie er nach und nach ausgeartet seye; was es für Leute in den Klöstern gebe; wie es darinn zugehe? was selbst Gelehrte unserer Kirche von Zeit zu Zeit davon geschrieben haben? Kann man nicht ein gutkatholischer Christ dabey seyn und bleiben, wenn man glaubt, es seye hier nicht alles Gold, was glänze; in den ersten Zeiten der christlichen Kirche seyen die Mönchsorden auf einem ganz anderen Fuß gewesen, als gegenwärtig; es könnte und sollte von Rechtswegen vieles verändert, verbessert, hinweg= und hinzugethan werden. Der H. Augustin, Bernhard, Benedikt, Franciscus etc. etc. würden selbst, wenn sie hervorgucken könnten, über manches in den sich nach ihrer Regel nennenden Klöstern, über manche ihrer Söhne, die sie vielleicht gar nicht mehr kennen würden, große Augen machen, und selbst auf eine Reformation ihrer Orden antragen. Das würde sie nicht bekümmern, was die Unkatholischen dazu sagen würden, und was dergleichen mehr ist. Sie sind zu ängstig, lieber Freund, und sehen Gespenster und Unholden, wo keine sind. Lassen sie sich die Abnahme der Anzahl der Convertiten zu unserer Kirche nicht anfechten. So arg ist es nicht, als sie glauben. Wer katholisch wird, bekehrt sich zu unserer heiligen Mutter, der Kirche, und nicht zu den Mönchen. Extra ecclesiam, heißt das Sprüchlein, und nicht: extra monasteria, non est salus.[4] Dabey schlafe ich ruhig, und weiß gewiß – doch ich möchte Sie erzürnen, wenn ich weiter

---

[4] Extra ... – Außerhalb der Kirche und nicht außerhalb der Klöster gibt es kein Heil.

fortmachte. Antworten Sie mir vorher, ehe ich mich weiter erkläre,
und glauben, daß ich etc.

VII. Brief.

Antwort auf den vorhergehenden.

Wenn ich nicht von ihrer Ergebenheit an unsere Religion so vollkommen überzeugt wäre, als ich bin, so würde ich mich von dem Verdacht, Sie lägen mit dem Verfasser der mancherley den Mönchen zu Leib gehenden Briefe unter einer Decke, kaum losreissen können. Das hätte ich bei Ihnen nicht gesucht. Ich sehe schon, wenn es auf Sie ankäme, so wären nicht nur die Bettelmönche, sondern alles, was Ordensgeistliche heißt, bereits getödtet, zu Grab getragen und in die Verwesung gegangen. Aus den Ruinen der Klöster wären schon Zuchthäuser, Schulen, Casernen, u. s. w. emporgestiegen; und wie die Religion, die Gottesfurcht, die Ausbreitung unsers heiligen Glaubens dabey zurecht käme, dafür ließen Sie sorgen, wer dafür sorgen wollte. Nur die Mönche abschlachten, dann ist alles gut. – Wie man sich doch durch Schriften, an denen der Ausdruck das Beste ist, und die ausser dem verführerischen Gewand wenig oder gar nichts gründliches enthalten, so leicht aus dem Geleis der Wahrheit, die uns über alles seyn sollte, bringen lassen kann! Ich habe in Rücksicht auf die Schreibart, die in diesen Briefen, besonders in denen über das Mönchswesen, herrscht, noch etwas auf dem Herzen, das ich Ihnen offenherzig sagen muß, und gewiß bin, daß Sie mir Recht geben werden. Flüche und Schwüre, Mißbrauch der H. Bibel, obscöne Auftritte, lese ich überall ungern. Und dergleichen ist dort sehr reichlich aufgetischt. Das ist nicht die Sprache wohlerzogener Leute. Diese Schriften kommen auch jungen Leuten in die Hände. Wissen Sie nicht, wie es im Evangelio heißt: Wehe der Welt um der Aergernisse willen! Ich möchte in der That die Verantwortung mit jenem Schriftsteller nicht theilen. Die Zeiten sind vorbey, da man, um die Irrgläubigen zu widerlegen, schreiben durfte, wie würklich ein Jesuit geschrieben hat: !Es müssen wohl mehr, als 2 Sacramente seyn, kein Landsknecht fluche ja bey weniger, als bey 100. Ich will Ihnen das Buch schicken, wenn sie mir nicht auf mein Wort glauben wollen. Mißbrauch der H. Bibel – Wenn es unsern Laien aus Ehrfurcht vor dieselbe verboten ist, sie zu lesen, und aus Beysorge, sie möchten um vieler darinn vorkommenden Dunkelheiten willen in der Einfalt ihres Glaubens irre gemacht werden; wenn die Kirche sie für ein göttliches Buch hält, warum hält man sich für erlaubt, mit ihren Worten und Redensarten zu spotten? Wenden Sie mir nicht ein, der Laie wisse ja nicht, daß diese und jene Redensarten aus der Bibel genommen seyen, er könne sich also nicht daran ärgern. Darauf ist bald geantwortet. Eben dergleichen Stellen werden auf der Kanzel angeführt, wie ich Ihnen beweisen wollte; Geistliche lesen doch die Bibel, und diese können sich ärgern; und denn macht es bey unsern Glaubensgegnern keine Ehre, mit einem Buch so umzugehen, das wir beyde für das Wort Gottes halten. Endlich obscöne Auftritte – Ja, diese sind gar nicht sparsam angebracht. Die Malerey mit dem P. Fulgentius, (Briefe über das Mönchswesen, II Band, S 186. 187)[5] ist so naiv, daß man sich fast schämen muß, es nur zu lesen. Ich mag andere Floskeln z. E. von der hübschen, vollen Pfarrmagd, nicht anführen. Wenn sie nicht heucheln wollen, so müssen Sie hier auf meiner Seite seyn. Sehen sie nun die schönen Früchte von dem immer mehr unter unsern Religionsverwandten Mode werdenden Lesen der Schriften der Lutheraner, die von solchen Schönheiten vollgepfropft sind? Es gehört zum bon ton bey jenen Schöngeistern, auf jedem Blatt ein halb Duzend Flüche unterzubringen, wo es nicht darauf ankommt, wem man sie in den Mund legt, dem Major, oder dem Dechanten. Unter dem Vorwand, lasterhaften Geistlichen die Larve abzuziehen und sie zu bessern, machen die Protestanten ihre eigenen Prediger lächerlich, und hoffen, durch diese Künste der Religion selbst tödtliche Streiche beyzubringen. Lesen Sie den Nothanker: – ich habe ihn zwar nicht gelesen, sondern mir nur daraus erzählen lassen. Das muß ein Buch seyn, aus dem sich der Verfasser der neuesten Briefe über das Mönchswesen, ziemlich wahrscheinlich gebildet hat. Wo wird es noch hinkommen, wenn die Unsern bey den Lutheranern in die Schule gehen? Pfui Schande – Was die obscoena betrift, wovon ich oben schon gesprochen habe, so bitte ich Sie um alles in der Welt, sagen Sie mir, ob das Einschiebsel in den II Band der Briefe über das Mönchswesen, S. 210 ff.[6] nicht recht muthwillig und ärgerlich ist? Und die Schlußfolge daraus – Wenn der Herr Blanchet, Pfarrer von Cours, in Frankreich, ein geiler Bock war, und aus Geilheit sich in eine solche Krankheit stürzte, folgt es denn, daß alle, die das Gelübd der Keuschheit thun,

---

[5] Neunzehnter Brief.

[6] Zwanzigster Brief

gethan haben, und noch bis ans Ende der Tage thun werden, eben dieses seltsame Schicksal haben müßten? Doch davon will ich jetzt nicht sagen. Die Briefe über den Cölibat der Geistlichen sollen ein andersmal vorkommen. Ich ärgere mich nur über die Vorrede zu dieser Krankheitsgeschichte des Herrn Blanchets. »Jedem katholischen Geistlichen, heißt es, muß sie interessant seyn.« Ja freylich – So interessant, daß manchem, der gern und willig und leicht, ewig keusch geblieben wäre, nun einfällt, das seye nicht möglich; daß er nun auf Abentheuer ausgeht, seine Phantasie mit unkeuschen Bildern weidet, und erst, weil ihm der Kopf durch die erbauliche Blanchetische Begebenheit warm geworden ist, in Gefahr kommt, auch krank zu werden. Ich habe Ihnen vermuthlich schon zu viel gesagt, so viel, daß Sie mich für einen abgesagten Feind alles dessen, was nur von ferne mit dem alten Herkommen streitet, halten werden. Ehe ich Ihnen wieder schreibe, will ich hören, was Sie zu diesen meinen piis desideriis[7] sagen.

Leben sie wohl. Ich bin etc.

---

[7] Zwanzigster Brief

VIII. Brief.

Antwort auf den vorhergehenden.

Entweder wollen sie mich zum Besten haben, Freund, oder ich verstehe kein Wort von allen Ihren Briefen. Wenn der Geist des Widerspruchs nicht in Sie gefahren ist, daß Sie alles nur rund verwerfen, was nicht in den Kram der Mönche taugt, ohne sich zu besinnen, ob es den Schein habe, was Sie sagen, oder nicht; so bin ich in der That verlegen über Sie, und wünsche Ihnen baldige gute Besserung. Es ist Ihnen vielleicht doch Ernst mit Ihrem Verdacht, als ob ich mit dem Verfasser jener Schriften ein geheimes Verständniß hätte? Der Recensent, der ein Buch in einem Journal anzeigt, es lobt und empfiehlt, ist Verfasser dieses Buchs. – Was sagen Sie zu diesem Schluß? Ich will die Sache nicht aufs Lächerliche treiben, sonst könnte ich noch andere Instanzen machen. Nein, ich bin kein Schriftsteller, und wenn diese meine Briefe an Sie jemand in die Hände kommen könnten, der nur den Gedanken in sich aufkommen liesse, sie drucken zu lassen, so würde ich jeden Buchstaben bereuen, den ich geschrieben habe. So gern ich von interessanten Materien etwas gut geschriebenes lese, so wenig möchte ich den der Welt bereits lästigen Haufen der Auctoren vermehren helfen. Die Zeit ist, dünkt mich, würklich nahe, da manches in den Buchläden zu Makulatur werden dürfte, was seit ein paar Jahren, besonders von den Mönchen und Klöstern, mit hastiger Feder geschrieben worden ist. Und, Freund, wie können Sie auf die harte Beschuldigung gerathen, daß ich ein abgesagter Feind des Mönchsstandes sey? Ich bin weit entfernt, Mängel und Gebrechen einzelner Personen dem ganzen Stand, zu dem sie gehören, zur Last zu legen. Das thut kein vernünftiger und billig denkender Mann, für den Sie mich doch bisher gehalten haben. Ich weiß gar wohl, daß man das Kind nicht mit dem Bad ausschütten muß. Wenn man alle Klöster niederrisse, und, wie Sie schreiben, Schulen, Casernen und Zuchthäuser an ihre Stellen setzte – ob das eben so ein höllenmäßiges Unternehmen wäre, das wollen wir jetzt nicht untersuchen. – Jenes verlange ich aber auch nicht, und wahrhaftig eben so wenig auch nur ein einziger von denen, die dafür halten, Klöster könnten samt ihren Einwohnern eine Reformation und Verringerung wohl leiden. Verbessern heißt doch nicht zerstören; und in einem Staat 200 Klöster weniger, der bisher 400 gehabt hat, heißt nicht: gar keine mehr dulden wollen. Aber das ist Ihnen doch nicht Ernst, daß in den Schriften, die ich Ihnen geschickt habe, der Ausdruck das beste, und das Kleid, in dem sie der Welt unter die Augen treten, noch das erträglichste an ihnen sey. Dadurch müßte ich mich für sehr beleidigt halten. Wahrheit und Lügen kann ich noch wohl unterscheiden; ich getraue mir auch, zu wissen, was leeres Gewäsch oder Gründlichkeit sey. Ich will aber die Sache jener Schriftsteller nicht zu meiner eigenen Sache machen. Hören Sie mich geduldig an, wenn ich nun auf Ihre Bedenklichkeiten antworte. So wenig ich ein Freund von andächtigen Grimaßen und Alfanzereyen bin, so wenig ich ein heuchlerisches Geschwäz von Leuten leiden kann, von denen ich weiß, daß nie kein gesunder Gedanke in ihrem Verstand, und keine edle Gesinnung in ihr Herz kommt: so wenig bin ich auch ein Freund von Fluchen und Schwören; und Sie wissen selbst am besten, was mir die unüberwindliche Abneigung vor dieser bösen und unanständiger Gewohnheit (dann mehr ist es nicht, dadurch hört es aber auch nicht auf, böse zu seyn) schon für Verdruß und Vorwürfe eines Scheinheiligen von dem Oberamtmann S – – – in B – – der seine Größe im Fluchen sucht, zugezogen hat. Und wenn mir das Fluchen an einem weltlichen Beamten eckelhaft ist, so werden Sie sich leicht vorstellen, was ich für Begriffe von dem Dechanten habe, der in den Mönchsbriefen so gut damit umzugehen wußte. Sie waren selbst dabey, wie ich den Weltpriester O. In M. mit seinem leichtfertigen und gottlosen Beweis abfertigte, den er aus der Bibel bringen wollte, daß das fluchen erlaubt seye; David habe ja gesagt: »Lasset den Simei fluchen, der Herr hats ihn geheißen.« Ich räume Ihnen also ein, das sollte in den Briefen nicht seyn, auch nur um derer willen, die dadurch geärgert werden; ferner, weil junge Leute sogar Fluchen daraus lernen könnten. Dieser Flecken in den Briefen macht aber die Wahrheiten, die darinn stehen, nicht zu Lügen, wenn ich schon selbst wünsche, daß er weggewischt wäre. Eben so ist es auch mit dem Mißbrauch der Bibel und den obscönen Ausdrücken und Historietten. Nur muß ich bey dem ersten Punkt etwas anmerken. Es sind ganz gewiß der mißbrauchten Stellen aus der Bibel überaus wenige, die den Laien von der Kirche her bekannt sind. Auf der Kanzel citirt man sie ja lateinisch, und in diesen Büchern stehen sie deutsch. Da ist also die 'Gefahr nicht groß. Daß sich

Geistliche daran ärgerten, wüßte ich nicht. Diese Herren sind nicht sehr zum ärgern geneigt. Aergernisse zu geben, daraus machen sie sich ungemein wenig; sonst müßte ihr Leben und Wandel ganz anders seyn; und so darf man auch nicht von ihnen erwarten, daß sie Aergernisse an andern nehmen, die es machen, wie sie; das wäre ja widersinnisch. Ihre Reflexion, daß wir uns an diesem Stück vor den Protestanten schämen müßten, würde von Gewicht seyn, wenn diese uns nicht noch ganz andere Dinge in Absicht auf unsere Behandlung der H. Bibel zur Last legten, mit denen jener Punkt in gar keine Vergleichung kommt. Ich darf mich nicht deutlicher erklären. Doch, weil Ihnen dieser Mißbrauch der Schrift sogar wehe thut, so muß ich Ihnen ein Anekdötchen erzählen, aus dem Sie sehen können, daß die Bettelmönche hierinn vor dem Ihnen so verdächtigen Schriftsteller gar wenig voraus haben; eine Anekdote, von der ich Ohrenzeuge bin. Auf einer Reise, die ich vor ungefähr 10 Jahren in gewissen Geschäften durch den Theil von Schwaben thun mußte, der an die Untere Pfalz gränzet, fügte es sich, daß ich in einem lutherischen Dorf übernachtete, wo ich aus Mangel eines erträglichen Wirthshauses den Pfarrer um das Quartier bat. Er nahm mich willig auf; »Glaubs gern, werden Sie sagen, ich und ein Lutherischer Geistlicher sind bald gute Freunde.« Wir unterhielten uns ganz artig, wiewohl er wußte, daß er an mir einen Katholiken vor sich hatte, denn ich sagte ihm, wer ich wäre. Drey Stunden von diesem Dorf ist eine Pfälzische Oberamtsstadt, wo die Capuziner vor 30 Jahren ein Kloster gebaut haben. Nun verschonen, wie Sie wissen, diese Väter, wenns zum Terminieren kommt, das Kind im Mutterleibe nicht. Sie kamen also auch in dieses Dorf, und ein Capuciner bat, wie es gewöhnlich ist, diesen Pastorem loci um die Erlaubnis, bey seinen Zuhörern zu terminieren, eben, als ich meine Reise weiter fortsetzen wollte. Der Pfarrer, der, weil er mich schon ziemlich kannte, kein Bedenken trug, den Mönchen alles zu sagen, was er auf dem Herzen hatte, bat ihn ganz freundlich, sich nur abergläubischer Dinge, z. E. des Findens verlohrener Dinge, einer Kunst, auf die sich die Capuciner vortreflich verstehen wollen, in seinem Dorf zu enthalten. Sollte das Unrecht seyn, antwortete der Mönch, es kommt ja in der Bibel etwas davon vor. Half nicht der Prophet Samuel, sagte er, dem Saul seines Vaters verlohrne Esel finden? Der Pfarrer und ich scheuten sich in das Gesicht zu sehen; ich hielt es für die beste Auskunft, Abschied zu nehmen, und überließ es dem Pfarrer, sich mit dem Capuciner exegetisch und dogmatisch abzufinden. Wie gefällt Ihnen diese Geschichte? Nicht wahr, das wäre ein abscheulicher Mißbrauch der Bibel, wenn kein Bettelmönch mit im Spiel wäre? O lieber Freund, so wollte ich Ihnen auch darauf antworten, daß Obscönitäten in diesen Briefen vorkommen. Eben deßwegen werden sie gewiß von manchen Mönchen gelesen. Die Blanchetische Geschichte kann nicht ärgerlich seyn; sonst müßte man sich an allem ärgern, was oft von Aerzten noch saftiger dießfalls geschrieben wird. Endlich, wenn die Unsern sonst nichts schlimmes von den Lutheranern lernen, als eine gute Schreibart, so danke ich diesen noch gar dafür. Kann etwas schlechteres seyn, als was gröstentheils von den Unsern gedruckt wird? Sie sind gar zu tadelsüchtig. Vergeben sie meine Offenherzigkeit.

Leben sie wohl. Ich bin etc.

IX.

Antwort auf den vorhergehenden.

Yoriks empfindsame Reisen sind alle zusammen nicht so reich an Begebenheiten, als Ihre einzige Reise, womit Sie mich an dem Ende Ihres letzten Briefs unterhalten haben. Daß doch Sie und Lutheraner, besonders Geistliche, so fleißig zusammen kommen – und daß sich Dinge bey diesen Zusammenkünften zutragen müssen, aus denen Sie wider die Mönche Pfeile schnizen können. Sie haben mich mit Ihren Anekdoten für meine Klagen über den in den Mönchsbriefen herrschenden Mißbrauch der Bibel wohl bezahlt. Daß man fluchen, und auf abergläubische Weise verlohrne Sachen wieder finden därfe, ist aus der Schrift gründlich bewiesen. So ließe sich freylich alles beweisen. Nicht wahr, Sie meinen Wunder, wie viel Sie durch Anführung dieser zwo Passagen über mich gewonnen haben? Doch wollte ich rathen, sich auf diesen Sieg nicht zu viel zu gut zu thun. Sie wissen noch nicht, wie viel ich noch im Hinterhalt habe. Fürchten Sie sich, und glauben zuverläßig, daß ich mich noch nicht zurück ziehen werde. Die Sache der Mönche ist noch nicht verspielt, so weit es mit ihnen gekommen zu seyn scheint; und wenn ich einer von dieser ehrwürdigen Gesellschaft wäre, so würden mir die Aussichten in die Zukunft, so fürchterlich sie sind, wenig unruhige Stunden machen. Sie räumen mir doch ein, daß es an wahrhaftig gottseeligen Seelen, bey aller Verderbniß der Sitten, die sich in die Klöster eingeschlichen hat, in diesen heiligen Gebäuden noch nicht fehle? Sogar unter den Protestanten wird das eingestanden. Sollten nun dieserwillen ihre Mitbrüder nicht aufrecht erhalten werden? Sollte das Gebet, das jene gen Himmel schicken, daß Gott darein sehen, und die Feinde dieser in so vielem Betracht so nüzlicher Stiftungen, mit denen die Religion wohl selbst, ehe man sichs versieht, fallen dürfte, beschämen möchte, nicht erhört werden können? Ich weiß schon, was Sie mir entgegen halten werden. Die Gesellschaft Jesu war ein vortrefliches Institut. Das Gebäude war so gut gegründet und befestiget, daß man für seine Dauer auf viele Jahrhunderte hinein, ja bis ans Ende der Welt, hätte gut seyn sollen. Die Verdienste dieses Ordens um die ganze katholische Kirche, um die Aufrechterhaltung des Ansehens des Päbstlichen Stuhls, um die

Ausbreitung der Religion, um die Wissenschaften, um den Unterricht der Jugend waren so groß und entschieden, daß sich seine Widersacher noch vor 15 Jahren selbst nicht werden haben einfallen lassen, daß es so bald um ihn geschehen seyn würde. Portugall und Spanien war das Paradies dieser Väter; ihr Einfluß an den Höfen der katholischen Prinzen, bey dem Cardinalscollegio, und bey den Päbsten selbst, so stark, daß ich auf diese Stunde noch nicht begreifen kann, wie sein Ende so plötzlich bewürket worden sey.[8] Und doch ist er nun dahin, dieser so reiche, so mächtige, so angesehene, ja angebetete und gefürchtete Orden. Clemens XIII und Torreggiani erschöpften ihren Scharfsinn und Klugheit, ihre List und Macht, ihn nicht nur zu erhalten, sondern ihn auch noch höher zu setzen. Aber alles war vergebens. Clemens XIII zwar erlebte den traurigen Zeitpunkt nicht; aber sein Freund Torreggiani, dem er diese Angelegenheit vor seinem Ende gewiß äusserst dringend empfohlen hatte, konnte den Strom nicht mehr aufhalten, sondern mußte diesen seinen Lieblingsorden mit thränenden Augen ins Grab sehen. Ob Clemens XIV die Hände selbst zur Aufhebung der Gesellschaft geboten, oder ob er durch andere zu diesem Schritt gezwungen worden, das liegt noch im Dunkeln, und es werden viele Jahre dazu gehören, bis man dießfalls Gewißheit haben kann. Genug, der Schluß, den Sie hieraus wider mich ziehen werden, ist der: Hat ein so mächtiger Orden, eine Gesellschaft, mit der keine andere in der katholischen Kirche in Vergleichung kommt, die sich wider ihre Aufhebung mit Anstrengung aller ihrer Kräfte wehrte, die so große Freunde, so viele vermögende Gönner hatte, der man sich von allen Seiten her so kräftig annahm, doch endlich der Gewalt unterliegen müssen, wie wirds den Mönchsorden ergehen, die nicht so viele, und so bedeutende Unterstützung haben, als jene gehabt hat? Wir haben schon einmal hievon in unsern Briefen gesprochen. Aber ich bin getrost bey diesem Schluß. Es ist noch nicht an deme, so nahe es manchem dabey zu seyn scheint. Genug hievon. Zu einer andern Zeit mehreres. Was Sie mir nun hierauf antworten werden, daß weiß ich nicht. Aber das ist gewiß, daß ich, Ihres tödlichen Hasses wider die Mönche ungeachtet, unveränderlich bin etc.

---

[8] Sein Ende ... – zu dieser Problematik s. www.welcker-online.de/Links/link_925.html

X. Brief.

Antwort auf den vorhergehenden.

Da haben wirs, wir Antimönche! Jetzt sind wir mundtodt, und es ist uns nichts übrig, als uns dem nächsten besten Pater aus einem Franciskanerkloster in die Arme zu werfen, ihm zu beichten, ihm unsere Einfälle wider die Mönche ohne Rückhalt als die verdammlichsten Versündigungen zu bekennen, und uns den strengsten Büßungen, als einer heilsamen Arzney wider unsere verderbliche Seelenkrankheiten, mit der grösten Geduld zu unterwerfen. Dahin wird es noch mit uns kommen; das folgt aus Ihrem Brief, lieber Freund, wenn Sie schon nicht gleich errathen werden, wie ich diesen Schluß aus demselbigen herleite. Kleine Geduld! Sie sollen den Beweis jetzt gleich lesen. Sie schreiben mir, »die Mönche werden mit ihrem Gebet für den Riß stehen, und durch Ihre heissen Seufzer, die sie gen Himmel schicken, das ihnen drohende Ungewitter gewiß abwenden. Sie werdens zuwegebringen, daß den Schriftstellern , die ihre Feder wider sie, als solche unschuldige Lämmer, in Galle tauchen, die Hände gelähmt, und bey diesen, die aus Irreligionismus bereit sind, den Mönchen den letzten Herzstoß zu geben, zur Erfüllung gebracht werde, was dort der Prophet sagt: Beschliesset einen Rath, und es werde nichts daraus, beredet euch, und es bestehe nicht!« Ein kalter Schauer muß bei Lesung dieser Worte einem jeden, der sein Scherflein auch zur Zurechtweisung der Mönche, und zur Verbesserung der Klöster in der Katholischen Kirche, beyzutragen sich in seinem Gewissen verbunden erachtet, ohne sich doch durch unordentliche Leidenschaften, oder durch andere unlautere Absichten bey seinem Schreiben leiten zu lassen, durch alle Glieder fahren. Es ist wahr, der Einfall ist scheinbar. Er gründet sich auf einen Spruch, der in der Bibel steht: »Des Gerechten Gebet vermag viel, wenn es ernstlich ist.« Wenn das seine Richtigkeit hat, werden sie sagen, so ist mit allen Versuchen wider diese guten Leute nichts ausgerichtet; so ist alles verlohren, was auch, um jene zu stürzen, zuwegezubringen getrachtet wird. Denn der Himmel ist doch mächtiger, als die Erde, und er wird sich derer ohne Zweifel annehmen, die als Geistliche es mit ihm und nicht mit der Erde halten, die sich durch Enthaltung alles dessen, was von der Welt ist, einen himmlischen Sinn angewöhnen, die durch Ertödtung der Glieder, die auf Erden sind, zeigen, daß sie nicht von der Welt, sondern schon, so lange sie auch hienieden wallen, Himmelsbürger seyen. Das alles ist gut gesagt, daß viele ernstliche Gebete in den Zellen für die Erhaltung des Mönchsstandes und der Klöster gen Himmel steigen. Aber ich habe eine gedoppelte Bedenklichkeit auf dem Herzen, die ich Ihnen nicht vorenthalten will. Die Erste ist diese: Sie scheinen, es für ausgemacht anzunehmen, daß Mönch seyn, und Gerecht seyn, ganz einerley sey. Daran zweifle ich, so gut katholisch, und so gewiß ich allen rechtschaffenen Leuten, sie mögen im geistlichen oder weltlichen Stande, im Kloster, oder auf einer Pfarre, oder bey einem Domkapitel seyn, von Herzen gut bin. Nein, das wäre zu weit gegangen, wenn man behaupten wollte, alle Mönche seyen Gerechte; eben so übertrieben, als wenn sich einer unterstehen wollte, das Subjekt und Prädikat mit einander zu verwechseln, und sagen: Alle Gerechte seyen Mönche. – Es giebt freylich Mönche, und Freunde der Mönche, die das glauben. Das erinnert mich an ein Gemälde, das ich einstens auf meiner Reise in Bayern in einer Kirche an einem Hochaltar sahe. Die Enthauptung Johannis des Täufers wird vorgestellt, und die Jünger dieses Mannes Gottes, die ihn begraben, sind Capuciner. Hilf Himmel, was das für ein Einfall ist, aber auch zugleich für ein unumstößlicher Beweis des großen Alterthums dieses ehrwürdigen Ordens. Man sollte nicht mehr über jenen Maler lachen, der den Teppich des Esels, auf dem Christus seinen Einzug nach Jerusalem hielt, mit den Wappen der 13 Schweizer Cantons versahe. Also, Freund, besinnen Sie sich, und trauen Ihrem Schluß nicht mehr: Wenn des Gerechten Gebet viel vermag, so werden die Mönche über ihre Feinde siegen. Ich bin aufs neue in meinen heimlichen Zweifeln wider die Gottseligkeit der Mönche, die man die man bisher ohne Rückfrage für so bekannt angenommen hat, durch die Piece: Nachrichten von Klostersachen, die schon im Jahre 1777 das Licht gesehen hat, mir aber erst vor 2 Tagen in die Hände gekommen ist, bestärkt worden. Um Sie nicht zu erzürnen, will ich Ihnen keinen Auszug aus dem Buche geben. Aber das versichere ich Sie, daß Sie erstaunen würden, wenn Sie es lesen sollten. Meine zwote Bedenklichkeit, bey der ich voraussetze, daß Sie mir die Wahrheit des Sazes nicht mehr bestreiten werden, daß nicht alle Mönche Gerechte seyen, ist diese: Entweder sind diejenigen, die in ihrem Gebet sich des bedrangten Mönchsstandes annehmen, Gerechte, oder nicht. Sind sie es nicht, nun so ist ihr Gebet vergiblich, und wenn sie sich, wie ehmal die Baalspfaffen, mit Messern rizten; das werden sie aber gewiß bleiben lassen. Sind sie aber wahrhaftig fromm und gottseelig, so werden sie zwar dem Himmel ihre Noth klagen; aber theils sich anheischig machen, wenn ein anders über sie verhängt seyn sollte, sich, anstatt zu murren, seinem Willen in Gelassenheit zu unterwerfen, und bessere Zeiten in Geduld zu erwarten; theils aber auch, wenn es ihnen ernstlich um die Ehre Gottes und um das geistliche Wohl der Menschen zu thun ist, Gott bitten, daß er selbst darein sehen, den in so manchen Klöstern, bey so manchen Orden, bey so vielen Mitgliedern dieser an sich ehrwürdigen Gesellschaften unläugbar herrschenden Aergernissen steuren, und es möge darnach mit den Mönchen gehen, wie es wolle, sich nur seiner armen Kirche in Gnaden erbarmen wolle. Ich denke, wider das werde sich nichts einwenden lassen, und bin in gewissem Verstande hierinn sogar Ihrer Meynung, daß ich würklich für besser hielte, wenn die Mönche, anstatt durch unüberlegte heftige Ausfälle auf ihre Feinde ein böses Gewissen zu zeigen und Blösse zu geben, sich, wie das lateinische Sprüchwort heißt, an die Waffen der Kirche, Gebet und Thränen, halten möchten. Der Pater aus dem Orden des H. Franciscus, der den oben angeführten Nachrichten von Klostersachen den aus der Pfüze herausfliegenden Goldkäfer entgegen gesetzt hat, hat bey vernünftigen Leuten gewiß aus Uebel Aerger gemacht. Ich will von dem Ausdruck nicht sagen, der in dieser Farce herrscht, und nicht schlechter und pöbelhafter seyn könnte; sondern die Verantwortung selbst, oder, wie er es nennt, die gründliche und heilsame Widerlegung aller gottlosen und ehrenrührischen Schriften wider die löbliche Gebräuche der Klosterleute, hätte nicht heilloser ausfallen können. Si tacuisset[9] – Ich komme nun auf eine andere Stelle in ihrem Brief, worauf ich gleichfalls, und zwar desto bündiger, antworten muß, weil es scheint, Sie halten sich in diesem Punkt für unwiderleglich. Sie sagen, die Aufhebung der Bettelmönchsorden sey aus diesem Grund nicht einmal wahrscheinlich, und diejenigen, die den Fürsten

---

[9] Si tacuisset – Si tacuisset, Philosophus esset: Hättest du geschwiegen, wärest du ein Philosoph gewesen [richtig: Si tacuisses, philosophus mansisses: Hättest du geschwiegen, wärest du Philosoph geblieben (d. h. weiterhin als Weiser gelten)]

rathen, werden solche nicht für empfehlungswürdig halten, wenn sie nur der Sache recht auf den Grund sehen wollten, weil die Finanzen nicht so viel dabey gewinnen würden, als sie z. E. durch die Aufhebung des Jesuiter Ordens gewonnen haben; die Bettelmönche haben selbst nichts, leben nur von der Gutthätigkeit anderer, von dem Almosen; ihr Terminiren müsse sie allein vor dem Hunger bewahren; wie man sich von Leuten bereichern wolle, deren vornehmstes Gelübde die Armuth sey, u. s. w. Wollen Sie mirs nicht übel nehmen, wenn ich Ihnen sage, daß, so scheinbar auch dieser Einfall, so wie der vorige, seyn möge, ich mir doch nicht bange seyn lasse, ihn nach Nothdurft abzufertigen? Zuerst merke ich an, daß er für die Fürsten viel Beleidigendes enthält. Denn was heißt er in der Hauptsache anders, als so viel: Wenn die Bettelmönche für die Kirche noch so heilsam, ja gar unentbehrlich seyn sollten, so ist ihr Untergang unvermeidlich, so bald man überzeugt ist, daß er für die Einkünfte des Staats eine neue Quelle eröfnet. Hätten Sie das Herz, das einem Fürsten oder Minister unter das Gesicht zu sagen? Und sind Sie gewiß, daß Sie dafür nicht würden auf die Finger geklopft werden? Wahr ists, die Höfe werden alle Tage auf die Vermehrung ihrer Intraden aufmerksamer, man bietet allem auf, was zur Erreichung dieses in der That großen Endzwecks dienen kann. Das ist die Ursache, warum in unsern Tagen die Handlung, die sicherste Quelle der Reichthümer, immer höher getrieben, und immer eine Nation auf die andere eifersüchtig wird, die es darinn weiter zu bringen sucht. Aber daraus folgt noch lange nicht, daß einem Fürsten jedes Project zur Erhöhung seiner Einkünfte willkommen seyn müßte. Denken sie hierüber nur ein wenig nach, so werden sie mir Recht geben müßen. Ich sage also nur so viel: diejenigen Schriftsteller, die keine Freunde der Bettelorden sind, sind es, wenigstens einige, nicht deswegen, als ob durch ihre Aufhebung der Staat viel gewinnen, und in ihren Klöstern große Schäze zu erheben wären; sondern sie haben andere Rücksichten; und diejenigen Fürsten, die diesen Orden drohen, drohen ihnen auch nicht, wenigstens nicht alle, in der Absicht, ihre Schatzkammern mit dem Raub ihrer Güter aufzufüllen; sondern sie haben andere Beweggründe, die der Welt ja schon genugsam vor Augen liegen. Ich weiß es wohl, die Kronen Portugalls, Spanien und Frankreich müßen sichs bis auf diese Stunde noch nachsagen lassen, daß der Jesuiterorden ein Opfer ihrer Habsucht und der Begierde nach den Schäzen dieser Väter geworden sey. Aber gesagt ist noch nicht bewiesen. Und man weiß ja, daß ganz andere Machinen bey jener wichtigen Begebenheit mitgewürkt haben. Wenn das gälte, so würden andere Orden, z. E. der Benediktiner, auch vor der Aufhebung nicht sicher seyn. Jener Schluß beweißt demnach zu viel, und Sie wissen, was zu viel beweisen heißt. Nun aber will ich Ihnen einstweilen zugeben, wohlgemerkt, nicht eingestehen, daß das Grab der Bettelmönche deßwegen unmöglich nahe vor der Thür seyn könne, weil die katholischen Prinzen ihre Absicht, ihre Cassen aus demselben füllen zu können, gewiß um der Armuth dieser Leute willen nicht erreichen würden. Ist es Ihnen Ernst, mein Freund, mit dieser Behauptung? Sie werden sich bald bekehren, wenn Sie mich nur ein wenig anhören wollen. Ich will bey weitem nicht alles sagen, was ich sagen könnte; sondern nur das Unwidersprechlichste anführen. Hat der Fürst nicht genug gewonnen, wenn er seine Unterthanen zu wohlhabenden, ich will nicht sagen, reichen Leuten macht? Wer hindert aber den Nahrungsstand in katholischen Staaten am meisten? Lassen Sie mich abermal die Klöster der Benediktiner und anderer Orden, die ungeheure Einkünfte besitzen, mit Stillschweigen vorbeygehen. Diese Saite will ich jetzt gar nicht rühren; sondern hören Sie nur die Klagen der Protestanten an, in deren Nachbarschaft Bettelordensklöster sind, mit was für unaufhörlichen Besuchen diese von terminirenden Capucinern und andern belästiget werden. Armuth ist fast überall das Loos der Bauren, wenigstens der allermeisten. Der Abgaben an die Obrigkeit ist kein Ende. Wenn Gott ein fruchtbares Jahr schenkt, so kann der Landmann vor Angst, wie viel Posten er hie und da, wenns dem Winter zugeht, von dem Ertrag seiner Güter und seines Viehes zu berichtigen habe, der Freude über den schönsten Segen keinen Platz geben. Und wenn er endlich mit genauer Noth mit Schulden zahlen fertig ist, wenn er, ehe er auch noch für seine 6 – 8 Kinder etwas zurückgelegt hat, seinen Bissen in Ruhe und Frieden essen will, so kommt der terminirende Kloster Innwohner, und bettelt ihm beynahe seinen traurigen Rest ab; der Protestant giebt aus Mitleiden, und glaubt dem Bettler, was er ihm vorlügt. Der Katholik aber thut seine milde Hand aus abergläubischer Devotion auf, weil er den Haß und Fluch dieser Scheinheiligen fürchtet, und nicht so klug ist, ihn zu verachten. Setzen Sie noch diesen Umstand hinzu, wie viel Geld in die Hände mancher Bettelmönche kommt, die die Kunst, verlohrne Sachen zu finden, verstehen wollen. Das

Responsorium des H. Antons beten zu lassen, dafür muß man etwas bezahlen. Diese Herren halten sich eximirt von dem Befehl Christ: Umsonst habt ihrs empfangen, umsonst gebt es auch. – Sie machens, wie jener Holländer, der einem Reisenden auf die Frage, wie viel Uhr es seye, die Weisung gab, nach der Uhrtafel zu sehen; und da der Reisende nun keine Verbindlichkeit weiter gegen seinen bequemen Freund auf sich zu haben glaubte, hinzusetzte: Ja, man muß bezahlen. Wie viel tragen Ihnen die Scapuliere, die Lucaszettelchen, die Amulete, die Hexenpantoffeln, die Verwahrungsmittel wider alle Unfälle zu Wasser und zu Land ein, mit denen sie einen ausschliessenden Handel treiben, und mit deren Verfertigung sie ihre edle zeit in ihren Zellen zubringen. Das geht alles über den gemeinen Mann her, den man am meisten schonen sollte. Die Vornehmere, wiewohl es auch unter ihnen noch Pöbel genug giebt, fangen an, dießfalls klüger zu werden. Die Mönche erpressen oft in einem Tage mehr Almosen von diesen elenden Leuten, als wahrhaftig bedürftige Arme in einem ganzen Jahr zur höchsten Nothdurft erhalten. Glauben Sie nun nicht, daß Fürsten nur dieser einzigen Umstand von Rechtswegen aufmerksam machen darf? Die Mönche tragen nicht das mindeste zur Bedürfniß des Staats bey, und essen doch manchen Bissen von dem Mark des Landes. Ich muß hier abbrechen, und berühre zum Beschluß nur noch das in Ihrem Brief, daß mit den Mönchen die Religion selbst fallen werde. Hätte das seine Richtigkeit, so würde ich einen jeden Buchstaben schmerzlichst bereuen, den ich von dieser Materie niedergeschrieben habe. Ich bin ein aufrichtiger Freund und Verehrer der Religion. Sie haben mich hoffentlich als einen solchen kennen gelernt, und es würde mir leid seyn, wenn ich das Unglück hätte, von ihnen für einen Freygeist gehalten zu werden. Aber Mönche und Religion sind zweyerley. Davon werde ich länger je mehr überzeugt, in so genauer Verbindung sie mit einander stehen oder zu stehen scheinen. Und die Rede ist ja meistens nur von Bettelmönchen. Sollten denn gar keine Mönche mehr in der Welt seyn? Und was wäre es denn? Es giebt ja noch Weltgeistliche, die Gelehrsamkeit und Frömmigkeit in hohem Grade besizen, durch die also die Welt erleuchtet und gebessert werden kann. Würklich läßt sich der Domprediger H. von B. bey mir anmelden. Ich freue mich auf die Unterhaltung mit diesem würdigen Mann. Vielleicht gebe ich Ihnen Nachricht von un-

serm Gespräch, wenn es anders nicht allzu antimönchisch gesinnt
ist. Leben Sie wohl.

XI.

Antwort auf den vorhergehenden.

Und wenn Sie aller Ihrer Beredsamkeit aufböten, um mir die Schriften, die gegenwärtig in so großer Menge wider die Mönche in die Welt ausfliegen, als aller Aufmerksamkeit würdig anzupreisen, und alles, was wider sie gesagt wird, mir als reine Wahrheit zu insinuiren: so werden Sie doch nichts bey mir ausrichten. Ich bin meiner Sache zu gewiß, als daß ich mich so bald gefangen geben sollte; und meine Absichten sind zu lauter, als daß ich mir, besonders, da, was wir einander schreiben, unter uns bleibt, Parteylichkeit vorwerfen dürfte. Ich will mich nicht darauf einlassen, Ihnen auf das, was Ihr letzter Brief enthält, von Wort zu Wort zu antworten. Vielleicht gebe ich Ihnen doch zu einigem Nachdenken Anlaß, wenn ich Ihnen meine Gedanken von dieser Sache, so wie sie mir beygehen, ohne Kunst und Schmuck überschreibe. Das werden Sie mir doch hoffentlich einräumen, daß, seitdem es Mönchsorden giebt, unglaublich viel Gutes durch sie gestiftet worden, das unterblieben wäre, wenn man keine Klöster und Mönche gehabt hätte. Wenn Sie so begierig wären, das zu lesen, was für, als was wider die Mönche geschrieben worden, so könnte Ihnen das Buch, das vor 12 Jahren in Fulda herausgekommen, nicht unbekannt seyn. Es heißt: »Betrachtungen über die Pflichten und Nuzbarkeit des Klosterstandes für die Kirche und für den Staat; den Mönchen zur heilsamen Warnung, und zur gründlichen Vertheidigung wider ihre Feinde.« Diese Schrift sollte man allen heutigen Freygeistern, die das Kind mit dem Bad ausschütten wollen, zur ernstlichen Lektüre empfehlen, wenn anders diese hartnäckigen Feinde noch zurechtgewiesen und gewonnen werden können. Lesen Sie, was dieser einsichtsvolle und unparteyische Verfasser von dieser Materie sagt. Die Klöster sind von je her offenbar die Oerter gewesen, in denen man sich auf das Studieren gelegt hat, ohne deßwegen die Klosterübungen zu unterlassen. Besonders hat man daselbst die theologischen Wissenschaften getrieben, Schulen unterhalten, viele gelehrte Männer gezogen, und wichtige, und Schäze von Gelehrsamkeit in sich haltende Werke geschrieben. Sie müßten ein Fremdling in der gelehrten Geschichte seyn, wenn Sie dieses im Zweifel ziehen wollten. Ich wette, gegen einen Weltpriester haben die Klöster immer ein halb Duzend Gelehrte und Schriftsteller aufzuweisen. Ist das kein Verdienst? Und die Missionen zur Ausbreitung des Christenthums unter heidnischen Nationen – Wer hat sich zu diesem so schweren und wichtigen Geschäfte mehr brauchen lassen, als Ordensgeistliche? Wie viele Länder kann man zählen, in denen durch sie der christliche Glaube ausgebreitet worden! Man schimpft auf die Faulheit und den Müssiggang der Mönche, als ob sie die nichtswürdigsten Geschöpfe auf Gottes Erdboden wären; und es ist am Tag, daß viele Länder durch ihre Arbeitsamkeit bebauet und bevölkert worden. Lesen Sie, was der unparteyische und von jedermann mit Recht bewunderte Herr Staatsrath Schmidt in seiner vortreflichen Geschichte der Deutschen B. I S. 326. 327. sagt: »Die Mönche und Klöster, schreibt er, wurden zwar von den Fürsten vorzüglich bedacht; sie hatten aber auch noch einige ihnen eigene Quellen der Reichthümer, ihre Arbeitsamkeit nämlich und gute Wirthschaft. Ihre Güter waren selten das von Anfang an schon, was sie in der Folge geworden sind. Man gab ihnen oft ganz öde Pläze, oder große Stücke Waldungen, die sie durch ihren Fleiß erst urbar machten, und die manchmal noch Gelegenheit zur Anbauung von Dörfern, Flecken und Städten, gaben.« Wie viele Chroniken haben ihr Daseyn bloß den Klöstern zu danken, besonders von den Zeiten her, in denen niemand lesen und schreiben konnte, als die Mönche! Wie armselig würde es um die Geschichte aussehen, wenn uns nicht die Klöster mit den wichtigsten Urkunden beschenkten! Wie viele Geschlechtsregister vornehmer Häuser sind nicht durch die in diesen heiligen Gebäuden sorgfältig aufbehaltene und verwahrte Stiftungs= und Schenkungsbriefe gerettet worden! Ich will mich aber nun auf einer andern Seite dieser Nothleidenden annehmen, und erwarten, ob das nicht etwa Eindruck machen wird. Der strengste Protestant, der an seinen aus dem Kloster gesprungenen Luther, wie an Gott, glaubt, muß es, wenn er den hellen Tag nicht läugnen will, eingestehen, daß es zu allen Zeiten wahrhaftig fromme und andächtige Seelen in den Klöstern gegeben habe. Haben ja selbst die Lutheraner Bücher in den Händen, die von Mönchen geschrieben worden, und lesen solche zu ihrer großen Erbauung, wen sie schon mit unter drüber seufzen, daß diese ihrer Meynung nach arme Seelen keine Lutheraner gewesen sind. Ich könnte Ihnen dergleichen Schriften an führen. Wie viel thun manche Orden an Kranken, Armen, und Sterbenden! Das vierte Gelübde der barmherzigen Brüder ist, daß sie Leib und Leben wagen wollen, um nur ihren Nächsten von allen, auch den gefährlichsten, Krankheiten zu befreyen. Heißt das nicht, dem Staat nutzen? Und kann nicht dieser einzige Umstand manches aufwiegen, das diesen ehrwürdigen Personen in diesen unsern Tagen, wo man alles Gute verkennt, und nur das Böse heraushebt, zur Last gelegt wird? Was würden manche Protestantische Länder darum geben, wenn sie solche Anstalten zur Versorgung der Armen, und zur Berathung unheilbarer Kranken hätten, als man in katholischen Staaten in Menge findet! Was sind die Klöster nicht für sichere Zufluchtsörter für so manche Nothleidende, die man verschmachten lassen mü'te, wenn ihnen nicht durch die Barmherzigkeit der Mönche unter die Arme gegriffen würde! Und daß ich auch das noch hinzuseze: wie wenig darf es einem Vater von vielen Kindern in einem katholischen Land bang für die Versorgung derselben seyn! Man hat die Wahl, in welches Kloster man den Sohn oder die Tochter bringen will; und wenn sie da sind, so sind sie auf ewig versorgt. Einem Lutheraner machen 5 – 6 Töchter schlaflose Nächte, wie er sie berathen wolle. Am Ende bleiben sie ihm auf dem Hals liegen; und wenn er ihnen nicht große Mittel hinterläßt, so sind sie nach seinem Tode der Spott und die Verachtung der Welt. Machen Sie mir den Einwurf nicht, daß eben dadurch die Bevölkerung, dieser so große Endzweck eines jeden Regenten in seinem Lande, gehindert werde. Sie wissen doch, in wie fern die Bevölkerung das Glück des Staats ausmacht. Nicht in so fern, daß der Fürst nur viele Unterthanen hat; sondern daß diese, wo nicht reichlich und bequem leben, doch ihr nothdürftiges Auskommen haben. Dieser Endzweck wird aber nur desto eher erhalten, je mehr dafür gesorgt wird, daß große Familien ihre Kinder in Klöstern unterbringen können. Es ist unverantwortlich, daß man in unsern Zeiten das gerade umkehren, und die Klöster als die gröste Hinderniß der Glückseeligkeit eines Staats erklären will. Auf was für seltsame Sprünge werden unsere neue Finanzräthe noch verfallen, wenn nicht bald ein Arzt über sie kommt, der ihnen den Staaren sticht, und ihnen wieder zu ihrem Gesicht hilft, da sie bey aller ihrer stolzen Einbildung, daß sie allein Augen haben, bisher stockblind gewesen sind. Erlauben Sie mir noch eine Betrachtung, die hier nicht am unrechten Ort stehen wird. Ich habe auf meinen zwey kleinen Reisen katholische und protestantische Länder gesehen, und dabey immer die Bemerkung gemacht, wie die prächtigen Kirchen und Klöster, die man in jenen antrift, den Umlauf des Geldes offenbar befördern, und die schönen Künste, z. E. Bildhauer= Maler= und Baukunst ganz ausnehmend in Aufnahme bringen müßten. Klöster haben die Protestanten gar nicht, so viel mir bekannt ist; und ihre Kirchen sind Gebäude, bey denen nicht viel zu verdienen seyn kann. Hingegen die Kirchen der Katholischen – welche Pracht, welcher Aufwand, an dem sich das Auge nicht satt sehen kann. Es sind wenige Wochen, daß ich in einem B. Kloster in B. einen Besuch machte, wo man würklich im Begriff ist, eine neue Kirche zu bauen. Sie ist bereits angefangen. Der erste Schritt, den ich in dieselbe that, erfüllte mich mit Bewunderung und Erstaunen. Wenn sie fertig ist, und das kann noch etliche Jahre anstehen, so wird sie weniger nicht, als 50.000 fl. Kosten. Die vortreflichsten Malereyen, die in Italien sich sehen lassen dürften, die reiche Vergoldungen, die Statuen, die hin und wieder angebracht sind, müssen grosse Summen kosten. Wie viel läßt sich da verdienen! Und ist es nicht besser, das Geld dazu anzuwenden, um die Talente solcher Künstler zu erwecken, anzufeuern und zu erhöhen, als zu weiß nicht was für Versuchen und Anstalten, deren Ausgang und Nutzen ungewiß ist? Sollte auch Gott ein Mißfallen daran haben können, da es Gebäude sind, in denen seine Ehre wohnet, und wo manches Herz, das mit den eitelsten Gedanken hineinkommt, durch den Anblick des gekreuzigten Christus auf einem Altarblatt, bewegt, gerührt und zu den ernsthaftesten Betrachtungen veranlaßt werden kann? Doch, so überzeugt ich von der Nuzbarkeit der Klöster und Ordensgeistlichen aus den bisher angeführten Gründen bin, so würde mir dennoch das alles noch nicht hinreichend seyn, mich so angelegentlich für sie zu erklären. Ich weiß nicht, ob Sie mich belachen werden, wenn ich Ihnen sage, daß mich erst gestern eine Stelle aus dem Tertullian, auf die ich von ungefehr fiel, völlig zum Vortheil der Mönche eingenommen habe, auf die man sie ganz bequem bedeuten kann. Meine ganze Beschäftigung, sagt dieser Kirchenvater, geht auf mich, und meine einzige Sorge ist, daß ich keine Sorge mehr habe. Das ist in der That der glückliche Zustand der Ordensgeistlichen. Beynahe komme ich auf den Gedanken, daß ihre Feinde sie deswegen beneiden, und, um ihrer Misgunst Nahrung zu geben, mit solcher Heftigkeit auf sie losgehen. Wenn die Mönche klug sind, so werden sie sich das nicht irren lassen; sondern vielmehr ihrem

Grundsatz in diesen bedenklichen Zeiten desto getreuer bleiben: Unsere Sorge ist, daß wir keine Sorge, auch wegen unsers künftigen Schicksals, mehr haben. Das gönne ich ihnen von Herzen, und wünsche, daß ihre Feinde an ihnen zu schanden werden mögen! Nicht wahr, das ist kühn, daß ich Ihnen so schreibe? Wie übel werde ich bey Ihnen ankommen! Doch, Sie haben ja Ihre Freyheit auch, mit Ihre Gedanken dießfalls offenherzig mitzutheilen.

Ich erwarte sie ohne Furcht, und bin etc.

XII. Brief.

Antwort auf den vorhergehenden.

Weil Sie mir die Stirne in Ihrem letzten Brief so gar herzhaft bieten, so bin ich würklich noch ungewiß, ob ich Ihnen zuerst antworten, oder lieber das Schreiben, das ich letzthin wider meinen Willen abbrechen mußte, fortsetzen solle? – Ehe ich mich lang besinne, will ich lieber wieder schreiben, was mir in die Feder kommt. Der Domprediger H. von B. war dießmal der Mann nicht, den ich sonst an ihm fand. Ich glaubte, in der Unterredung mit ihm damals so viel zu sammlen, daß ich einen recht großen und interessanten Brief an Sie damit anfüllen könnte. Aber ich betrog mich. Sein Besuch war leidlich nichts anders, als daß er sich bey mir von einem verdrießlichen Handel, den er mit ein paar Mönchen gehabt hatte, erholen wollte. Sie bezüchtigten ihn, daß er bey den Schriften wider sie, die in jedermanns Hände seyen, mit unter der Decke liege; und nahmen dabey Gelegenheit, auf die Weltpriester überhaupt loszuziehen, und ihm besonders unangenehme Dinge von einer solchen Art vorzusagen, bey denen er sich auf der Stelle nicht allzugründlich verantworten konnte. Wenn ich Sie auch noch so theuer versichern wollte, daß zwischen mir und dem Domprediger nichts von den Mönchen gesprochen worden sey, so würden Sie mirs doch zweymal nicht glauben. Aber gewiß wenig genug. Er versprach mir, bald wieder zu kommen. Was es alsdenn für Auftritte geben möchte, wenn er sich inzwischen wieder recht gesammelt hat, dafür will ich nicht gut seyn. Erlauben Sie mir nun, den in meinem letzten Brief abgerissenen Faden hier wieder anzuknüpfen. Ich glaube es je länger, je weniger, daß mit dem Sturz der Mönche die Religion fallen würde. Die MönchsReligion wohl – aber das würde auch kein Schaden für die Welt seyn. Denn diese ist so gut, als keine. – Das ist hart! Aber hören Sie, wenn ich den Beweis führe. Die Mönche verderben die Religion, und besonders die Moral. Ihre Theologie ist ganz abstrakt, idealisch, verworren, voll unnützer Zänkereyen, voll von wichtigen Mängeln, von traurigen Vorurtheilen und beissenden Verläumdungen ihrer Gegner. Wenn Sie das läugnen wollten, so müßten Sie nur diejenigen Schriften, in denen man das auf allen Blättern antrift, gar nicht gelesen haben. Eine gute Sittenlehre ist ihr geringster Kummer. Sie gründen solche weder auf die Gebote Gottes, noch auf die Evangelischen Vorschriften; sondern nur auf die Gebote der Kirche. Diese mögen meinetwegen alle Hochachtung und Befolgung verdienen; aber so weit muß man doch die Ehrfurcht dafür nicht treiben, daß man behauptete, sie tragen nur das mindeste zur Verbesserung der Sitten bey. Ich gestehe es, daß ich nicht einsehe, was man einem Lutheraner antworten will, der den Mönchen sagt, Christus habe sie deutlich bezeichnet, da er im Evangelio sprach: Vergeblich dienen sie mir, dieweil sie lehren solche Lehren, die nichts denn Menschengebote sind. Lesen Sie doch nur die Briefe aus dem Noviciat, und sagen Sie mir, ob man einem vernünftigen Menschen zumuthen könne, zu glauben, daß Gott, oder auch nur die Kirche solche Dinge befehlen könne. Was für wichtige Sachen in ihrer Polemik vorkommen, davon mag der Streit zwischen den Kapucinern und Franciscanern über die Form der Kapuze des H. Franciscus dienen; ein Streit, der mit der grösten Bitterkeit geführet worden, und worüber sich diese zwey Orden gänzlich getrennt haben. In ihren Schriften kommen die einfältigsten Legenden und die abgeschmacktesten Wunderwerke vor; und ich will verlohren haben, wenn nicht eben solche Erzählungen, wider die sich der gesunde menschliche Verstand empört, schon mehr als Einmal die traurige Veranlassung gewesen sind, daß lebhafte Köpfe an denen in der Schrift erzählten Wundern irre geworden, und nach und nach auf den Naturalismus verfallen sind. Kein sonderliches Verdienst für die Mönche! Man kann auch nicht sagen, daß man das nicht auf ihre Rechnung schreiben dürfe. Allerdings. Wenn sie sonst nichts zur Auferbauung der Christglaubigen beytregen können, als daß sie Dinge erdichten, worüber gescheide Leute lachen, so sollen sie lieber gar schweigen, anstatt durch die Wunder der Propheten, Christi und seiner Apostel leichtsinnigen oder starkdenkend seyn wollenden Gemüthern preiß zu geben. Gottes wird in ihrer Sittenlehre gar nicht gedacht. Man lieset da nichts, als Empfehlungen der Geißelungen, der Almosen für die Todten, nicht aber für die Lebenden, ausser daß sie weislich erinnern, bey den Lebendigen können die Almosen nicht besser, als bey ihnen selbst, angelegt werden. Der ehelose Stand wird als ein heiliger, unbefleckter Stand angepriesen, und die Klosteranstalten, sie mögen auch noch so abergläubisch seyn, sind der einzige wahre und Gott wohlgefällige Gottesdienst. Von unnüzen Dingen und Streitfragen, von unsinnigen und zu

nichts taugenden Lehren wimmelt ihre Moral dergestalt, daß einer,
der mehrere Jahre bey ihnen studirt hat, dennoch nicht das gerings-
te von ächter Sittenlehre weiß. Glauben Sie nicht, daß ich die wahre
Tugend und die Ausübung derselben besser aus den alten Griechi-
schen und Römischen Philosophen, und den Schriften einiger neuerer Vernuftweisen lernen wollte, als aus den faulen Büchern der
Mönche? Ich will hier kein Kompendium der Sittenlehre abschreiben. Das wissen Sie selbst, daß in einem solchen Abhandlungen von
unsern Pflichten vorkommen, und die Menschen zur rechten Verehrung Gottes, zur Liebe der Tugend, und zum wahren Eifer für das
gemeine Beste erweckt werden müßen. Von allem diesem aber lehren die Mönche nichts. Die Materien von der Macht und Gewalt des
Pabstes, von der Verehrung der Geistlichkeit, von der Bezahlung
der Zehenten, von den Almosen für die Heiligen, von öftern Mes-
sen, Festen, Wallfahrten, Vermächtnissen zur Befreyung der Seelen
aus dem Fegfeuer, und von andern dergleichen abergläubischen
und pharisäischen Uebungen, welche von der wahren Religion
verabscheut und verdammt werden, sind ihnen weit wichtiger.
Anstatt, daß sie diejenigen, mit denen sie umgehen, zu bessern,
aufgeklärteren Menschen bilden, und bessere Sitten, weisere Auf-
führung und tugendhaftere Neigungen in ihnen hervorzubringen
suchen, befleißigen sie sich vielmehr, das arme Volk in der Dumm-
heit zu erhalten, allen Begriff der wahren Religion bey ihnen zu
verdrängen, und an derselben Stelle eine falsche zu pflanzen. Was
für unglaubliche Thorheiten begehen sie nicht mit den Reliquien!
Sie sinds, die solche aufsuchen, oder vielmehr dieselben aus aus
Knochen verscharrter Missethäter machen, und sich wohl dafür
bezahlen lassen. Und was soll ich endlich noch von dem Verfol-
gungsgeist der Mönche sagen? Diesen haben alle ohne Unterschied.
Den allerneuesten Beweis von dem erleuchteten Pfarrer Trunk in
Bretten wissen Sie ja? Sie sinds, die die Inquisition ausgeheckt und
ausgeübt haben. Sie hassen jeden, der anders denkt, als sie. Noch
mehr, Königsmord und Aufwieglung der Unterthanen wider ihre
rechtmäßige von Gott gesetzte Obrigkeit sind allezeit Hauptartickel
im Mönchscatechismus gewesen. Wenden Sie mir nicht ein, daß der
letztere Punkt nur die Jesuiten allein angehe. Ich entschuldige diese
nicht. Aber ich halte andere Orden eben so wenig für unschuldig.
Pabst Gregor VII war kein Jesuit, sondern ein Benediktiner; aber
seine Grundsätze waren ihm gewiß nicht vom H. Geist diktirt, son-

dern floßen aus seinem Mönchsgeist. Gewiß, Sie können nun nicht mehr im Ernst behaupten, daß mit den Mönchen die Religion selbst fallen würde; und daß man, um diese aufrecht zu erhalten, sich jener annehmen müße. Viele, viele unter ihnen haben weder Vernunft noch Religion. Davon habe ich bisher Beweise angeführt. Ich will Ihnen auch noch mehrere nicht schuldig bleiben. Nun darf ich Ihnen doch auch noch auf Ihren Brief etwas genauer antworten? Es ist viel gesagt, wenn Siemir schreiben, daß, seitdem es Mönchsorden gebe, unglaublich viel Gutes durch sie gestiftet worden sey, das unterblieben wäre, wenn man keine Klöster und Mönche gehabt hätte. Sie haben hievon Beweise angeführt, die ich nicht ganz verwerfen will. Aber den Schaden gegen den Nutzen abgewogen, dörfte doch die Wahrheit auf meiner Seite seyn. Man hat sich in den Klöstern auf das Studieren gelegt. Ist wahr; worauf aber gröstentheils? Auf kirchliche und geistliche Studien, wo alles voller Vorurtheile, Lappereyen, Disputiersucht, Pedanterey und Sophisterey ist. Man lehret Geschichte in den Klöstern. Welche? Fabeln, oder Dinge, die der päbstlichen Hoheit vortheilhaft sind, und Haß gegen die Fürsten einflößen können. Das Nützliche der Geschichtskunde wird verabsäumt. Man lehrt Rhetorik. Aber der ganze Unterricht lauft auf Figuren und Wortspiele hinaus, um den guten Geschmack zu verderben, und nicht um Wahrheiten überzeugend vorzutragen, und den Zuhörer zu rühren. Man lehrt Philosophie. Aber, Gott, welch Gewäsche, bey dem man den gesunden Verstand einbüßen könnte. Können auf diese Weise wohl große, auch nur mittelmäßige und brauchbare Gelehrte gezogen werden? Kirchengeschichte und Canonisches Recht – Nun das sind Wissenschaften, in denen die Mönche zu Hause seyn werden? Allerdings, wenn es darauf angesehen ist, die päbstliche Macht über Fürsten, und alle göttliche und weltliche Gewalt zu erheben, die Immunität der Geistlichen zu preisen, und den Haß der Geistlichen gegen den weltlichen Stand zu nähren. Da hat die Mönchsbarbarey ihren Sitz recht aufgeschlagen – Andere nützliche Wissenschaften hingegen werden gänzlich verabsäumt. Es müßte seit gar kurzer Zeit eine ganz andere Einrichtung mit den Studien in den Klöstern gemacht worden seyn, wenn es nicht wahr seyn sollte, was erst noch vor 13 Jahren ein ächter Katholik von dieser Materie geschrieben hat. »Die Mönche, sagt er, lehren nichts von der Staatskunst, von der Geschichte des Vaterlands, oder überhaupt der neuern Zeiten, von der Kritik, von der Kameralwissenschaft, Wirthschaft, Ackerbau, Handlung, Seewesen, Policey, Baukunst. Alle ihre Gelehrsamkeit ist unnütze Pedanterey. Ihre Schüler verstehen weder ein gutes Latein, noch etwas Griechisch, welche Sprache doch einen guten Geschichtskundigen, Redner, Arzt, Gottes= und Rechtsgelehrten, zu bilden so nothwendig ist; noch etwas von wahrer Beredsamkeit, Geschichtskunde, Kunst einen Staat zu verwalten; noch von den wahren Rechten der Fürsten und Unterthanen.« Ich weiß, was Sie, mein Freund, zu diesem allen sagen werden. Das sey satyrisch und verläumderisch, und schreibe sich entweder von einem Weltpriester, die alle geschworne Feinde der Mönche seyen; oder von einem treulosen aus dem Kloster entlaufenen Mönchen; oder von einem Freygeistischen Politiker in der katholischen Kirche; oder endlich von einem Protestanten her, der von dieser Sache, wie der Blinde von der Farbe rede, und alles für baare Münze annehmen, was immer von vergällten Leuten wider die Mönche und Klosteranstalten geredet und geschrieben werde. Wollte Gott, jene Nachrichten wären übertrieben und ungegründet! Ich wollte es zur Ehre unserer Religion und des Mönchsstandes selbst wünschen. Aber ich sorge, es seye mehr wahr, als wir wissen. Denn die Mönche verstehen die Kunst, ihre Sachen geheim zu halten, nur allzuwohl, und es ist, wie gefunden, wenn man hinter ihre Streiche kommt. Glauben Sie nun noch, daß der Sturz der Mönche den Sturz der Religion selbst nach sich ziehen werde? Mit nichten, sagte jüngsthin jemand in einer großen vermischten Gesellschaft, die sich eben auch hievon unterhielt, und unter der auch ein paßionirter Vertheidiger der Klöster war, der dieses behaupten wollte; mit nichten. Denn der Mönch ist keine Zahl, die weder Vernunft, noch Religion haben. Vielmehr wollte ich rathen, setzte er hinzu, wenn Vernunft und Religion in der katholischen Kirche wieder auf den Thron, und in ihre alte verlohrne Rechte einzusetzen, alle Mönchsorden aufzuheben; da würden wir es erst mit den Protestanten aufnehmen können, die uns vorhin um diese einzigen Ursache willen überlegen sind, weil sie keine Mönche und Klöster haben. Was meynen Sie, daß ich über diesen Brocken gedacht habe? Und was glauben Sie, daß eben dieser zu Ihren Behauptungen sprechen würde, die Sie in Ihrem letzten Schreiben von dem Nutzen der Klöster aufgestellt haben? Lassen Sie mich meine Gedanken davon ohne alles Vorurtheil niederschreiben. Sie preisen mir die Verdienste der Mönchsorden um die Ausbreitung des Christenthums unter heidnischen Nationen, durch die Missionen, an. Um davon gründlich urtheilen zu können, müßten wir von ihrer Methode, die Heiden zu bekehren, genau unterrichtet seyn. Die Nachrichten davon rühren von diesen Missionairs selber her. Wie unzuverläßig! Sie sind Zeugen in ihrer eigenen Sache. Die Feinde der Mönche sagen: wer selbst kein Christ ist, kann keine Heiden zu einem Christen machen. Das halte ich für ziemlich entschieden. Und die Mönche antworten darauf: das sind Unchristen und Ketzer, die das sagen; wie können diese über das Christenthum und die Rechtglaubigkeit anderer urtheilen? Uebrigens wollen Leute, die Augenzeugen von diesen Heidenbekehrungen gewesen sind, allerhand Bedenkliches bey der Methode der Mönche beobachtet haben. Z. E. in ihrem Religionsunterricht komme wenig oder nichts von Gott und Christo, aber desto mehr vom Pabst vor, den man als den Statthalter Gottes und Christi auf Erden verehren, ihm alles glauben, und ihm blindlings gehorsam seyn müsse. Anstatt diesen armen Leuten eine vernünftige und dem Geist des Evangelii gemäße Sittenlehre zu predigen, werden ihnen eine Menge Histörchen von Heiligen, von den abgeschmacktesten Wunderwerken und dergleichen erzählt; Reliquien um schwer Geld verkauft, die sie küssen, anbeten, aufheben, und als die untrüglichsten Mittel wider Krankheiten, Unglücksfälle, Unfruchtbarkeit der Weiber, u. s. w. gebrauchen sollten. Auch habe es nicht an Missionarien unter den Mönchen gefehlt, die ihren Neubekehrten erlaubt haben, neben dem Gott der Christen auch noch ihre Götzen zu haben. Sie haben manche ihrer Meynung nach zu Christen gemacht, die selbst nichts davon gewußt haben, daß sie Christen geworden seyen; z. E. einen Heiden von hinten ganz unvermerkt mit geweihtem Wasser besprüzen, ohne ihm den geringsten Unterricht in der Wahrheit des Evangelii zu geben, das habe für die Taufe gegolten, und ein solcher seye alsdenn in die Liste der Bekehrten eingeschrieben worden, wenn er nach, wie vor, der schändlichsten Abgötterey ergeben geblieben sey. Ich bitte Sie, Freund, soll das Verdienst um die Fortpflanzung des Christenthums in heidnischen Ländern seyn? Und wäre es nicht besser, die Heiden blieben, was sie sind, als daß sie von den Mönchen zu solchen elenden, abergläubischen Christen, (sie verdienen nicht einmal diesen Namen) gemacht werden. Ich komme auf eine andere Stelle in Ihrem Schreiben . Sie sagen: viele Länder seyen, Troz allen Lästerungen, daß die Mönche die nichtswürdigsten Geschöpfe auf Gottes

Erdboden seyen, eben durch sie angebaut und bevölkert worden. Das wäre in der That ein schönes Argument wider diejenigen, die die Entvölkerung der allermeisten katholischen Staaten auf die Rechnung der Mönche und Klöster schreiben. Also diesen Leuten hätte man die Anbauung ganzer Länder, die vorher Wüsteneyen gewesen, zu danken? Davon möchte ich Beyspiele wissen. Mir sind keine bekannt. Denn das wird man doch nicht hieher rechnen, was die Jesuiten in Paraguay[10] gethan haben; noch viel weniger das, daß manche Klöster ganze Strecken von Feldern besitzen, die durch die arme Bauern gebaut werden müßen, die sich dabey oft kaum des bittersten Hungers erwehren können, und unter dem unerträglichen Joch ihrer Geistlichen Herren mit Weib und Kindern ihre Lebenslage erbärmlich hinbringen. Eben so wenig das, daß bey den Klöstern gemeiniglich Blumen= und andere Gärten sind, die von den Mönchen zu ihrem Vergnügen und zur Vertreibung der langen Weile, an der diese Herren keinen Mangel haben, gepflanzt werden – Ueber die Bevölkerung durch die Mönche mag ich mich lieber gar nicht herauslassen. Wenn Sie, lieber Freund, weiter zum Vortheil der Mönche, in Ansehung der Chroniken sagen, deren man jetzt entbehren müßte, wenn sie nicht in den Klöstern geschrieben worden wären, darinnen muß ich Ihnen Recht geben, aber dem ungeachtet den Schluß, den Sie daraus ziehen, verbitten. Wenn die Mönche vollends gar nichts Gutes an sich hätten, so wären sie nicht werth, von der Sonne beschienen zu werden. Daß sie allein lesen und schreiben konnten, zu einer Zeit, wo alle andere Menschen, Fürsten, Edelleute, Bürger und Bauern in der abscheulichsten Barbarey lebten, das verpflichtete sie gerade, doch etwas nutz zu seyn, und so oft ich ein Buch zur Hand nehme, das aus dem Alterthum auf uns gekommen, und auch von den Mönchen abgeschrieben worden ist, so danke ich diesen dafür. Aber dieß Verdienst ist doch nicht so groß, daß man deßwegen entweder alle andere Menschen aus jenen Zeiten für Taugenichtse erklären, oder den Mönchen ihre anderweitige so beträchtliche Gebrechen übersehen, und sie für untadelhaft erklären müßte. Es lautet freylich sehr komisch, wenn man ließt, daß Kaiser Karl der Große den Bischöffen ernstlich befohlen habe, auch Lesen und das Vater Unser zu lernen. Sie müssen also auch keine große Schreibmeister gewesen seyn; denn, wenn sie

---

[10] Jesuiten in Paraguay – s. Dictionnaire Sachen »Paraguay«

nicht lesen konnten, wie konnten sie abschreiben? Waren die Bischöffe so unwissend, so darf man sicher schließen, daß es in den Klöstern auch nicht viel besser werde ausgesehen haben. Vielleicht waren in manchem Gotteshaus 2 – 3 die lesen und schreiben konnten. Und was ist das gegen so viele, die heutiges Tags bey den neuen Schuleinrichtungen in Bayern, im Maynzischen, u. s. w. gegen manchem Bauernjungen Ignoranten vorstellen würden, damals aber für die Leute gehalten wurden, bey denen alle Weisheit und Gelehrsamkeit allein zu suchen sey. Sie sehen also, daß, wenn ich Ihnen hierinn im Allgemeinen Recht gebe, Sie doch mit Ihrer Behauptung in der Hauptsache nicht ganz gewonnen haben. Nun aber rechnen Sie sehr viel in Ihrem Brief darauf, daß es doch nach dem Geständnis der Protestanten selbst zu allen Zeiten wahrhaftig fromme und andächtige Seelen in den Klöstern gegeben habe. Sie fragen mich, daß, wenn das nicht Eindruck bey mir mache, so geben Sie alles verlohren. Selbst Lutheraner haben Bücher von Mönchen in Händen, die sie zu ihrer großen Erbauung lesen. Ich wünschte, daß Sie mir nur wenige davon angeführt hätten; es hätte sich ohne Zweifel einiges dabey erinnern lassen. Doch, ich will Ihnen alles einräumen. Meynen Sie, daß diese so erbaulichen Schriften schlechterdings niemand anders, als ein Mönch hätte schreiben können? Und Sie werden doch mit diesem nicht sagen wollen, daß Frömmigkeit nur in Klöstern wohne? Das glaubt der Pöbel in der katholischen Kirche, der sich diesen Satz von den Mönchen aufbinden läßt. Ich kenne einen Bauren von ansehnlichem Vermögen, der auch einen seiner Söhne zum geistlichen Stand widmete. Der Sohn wollte ein Weltpriester werden. Der Vater aber sagte: Nein, in den Klöstern werden die Leute frömmer. Ich will einen frommen Sohn an dir haben, der zeitlich und ewig versorgt sey; du mußt also ins Kloster. Woher wußte das der Vater? Wahrlich nicht von seiner Bekanntschaft mit den Mönchen; sondern weil diese, die sein Reichthum in die Augen stach, ihm solches weiß gemacht hatten. Daß manche Orden an Armen, Kranken und Sterbenden viel thun, – ein neues Argument, das Sie mir entgegen setzen, – will und kann ich nicht in Abrede seyn. Aber auch damit werden Sie nicht viel gewinnen, wenn wirs beym Licht besehen. Einige Orden müssen das thun; wie gerne sie es thun, das ist eine andere Frage. Und wie ihre Hülfe allemal ausfällt – Ich habe Kranke gesprochen, die nach ihrer Genesung, die vielleicht auch ausser dem Kloster erfolgt wäre, nicht auf das vortheilhafteste über die Mönche sich heraus liessen, in deren Hände sie gerathen waren. Ich könnte es urkundlich belegen, daß auch schon mehrere unter ihren Händen gestorben sind, derer sie gern los gewesen wären – Und was die den Armen von den Mönchen dargereichte Hülfe betrift, so fällt mir jener Schuster ein, der Leder stahl, und armen Leuten die daraus gemachten Schuhe schenkte. Wenn Klöster ansehnliche Güter besitzen, die dem Landesherrn entzogen werden; wenn die Bettelmönche ihre Nachbarschaft durch Terminiren aussaugen; wenn für Seelmessen Jahr aus Jahr ein ansehnliche Summen an die Mönche abgegeben werden; so ist es keine Kunst, Armen Gutes zu thun. Könnte man die Almosen, die sie geben, als Interesse, zu ihrem Vermögen, als Capital berechnen, so würde das, was sie mittheilen, nicht Eins aus tausend ausmachen. Darüber aber mußte ich lächeln, daß Sie mir in vollem Ernst sagen, manche Protestantische Länder würden weiß nicht was geben, wenn sie solche Anstalten zur Versorgung der Armen, und zur Berathung unheilbarer Kranken hätten, als man in katholischen Staaten in Menge finde? Sie werden doch Ihre Ergebenheit an die Katholische Kirche nicht bis zur Ungerechtigkeit wider die Protestantische treiben? Wo haben Sie die Nachrichten her, daß die Lutheraner und Reformirten ihre Arme uns Nothleidende hülflos verschmachten lassen? Merken Sie das voraus, Freund, die Protestanten brauchen nicht so viel Anstalten zur Versorgung der Armen, als wir Katholiken. Die Ursache ist leicht zu errathen. Sie haben nicht so viele Arme, als wir. Schreibt doch selbst ein Katholik, daß protestantische Staaten ordentlicher Weise in aller Betrachtung glücklicher, reicher und mächtiger seyn, als Katholische. Gegenwärtig sey England unstreitig der mächtigste Staat unter allen. Ehedem, da noch die Mönche in jenen protestantischen Ländern herrschten, seyen sie gerade die elendesten und armseligsten Länder unter allen gewesen. Ich will jetzt unter den protestantischen und katholischen Ländern Deutschlands keine Vergleichung anstellen. Sie errathen ohne mein Zuthun, für welche das Urtheil ausfallen würde. Haben die Protestanten nicht auch Armenhäuser und Hospitäler, Siechenhäuser , Stiftungen, die in allem Betracht vortreflich sind? Gehen Sie einmal nach Holland, wo alle Religionen zu Hause sind. Es fehlt den Protestanten daselbst keineswegs an Anstalten, durch welche, ohne daß man seine Zuflucht zu Klöstern und Mönchen nehmen müßte, die Armuth nicht nur versorgt, sondern zum Besten des gemeinen Wesens berathen wird. Ich will sagen: man giebt den Armen nicht Essen und Trinken und Kleidung umsonst, und läßt sie, wenn sie auf einige Tage ausgefüttert sind, etwa hernach wieder dem Bettel, dieser Pest in der Republik, nachlaufen; sondern man giebt ihnen Arbeit, damit sie ihr Brod selber verdienen können. Arme giebts in Holland genug, aber keine Bettler; weil sich diese nicht auf diesem schändlichen Handwerk dürfen betreten lassen, sondern augenblicklich in Spinn= und andere Arbeitshäuser gesteckt werden. Die Protestanten dürfen uns daher gar nicht in diesem Betracht beneiden. Sie sind besser daran, als wir – Felices nimium, sua si bona norint. – Sie brauchen nicht so viele Zufluchtsörter für Nothleidende, als wir. Und wenn ich die Wahrheit sagen soll, so ist es nicht mehr als billig, daß die Mönche Armen zu statten kommen, da sie so viele Leute arm machen helfen. – Verzeihen Sie mir dießmal meinen über Gebühr langen Brief. Ehe Sie mir wieder auf diesen antworten, sollen Sie noch ein Schreiben von mir haben, in welchem ich Ihnen meine fernere Gedanken mittheilen werde.

Ich bin etc.

XIII. Brief.

Fortsetzung des vorhergehenden.

Wie sie doch die Kunst in einem so hohen Grad besitzen, etwas, wofür Sie einmal eingenommen sind, nur auf der vortheilhaftesten Seite zu zeigen, und die andere weislich zu verbergen! Wenn die Protestanten und Protestantischgesinnte unter den Römischkatholischen es unserer Religion zum Vorwurf machen, daß durch die Klöster und Mönchsorden die Bevölkerung gehindert werde; daß diese Mauren manchen Sohn und Tochter einschließen, die in dem Ehestand dem Staat Kinder würden geliefert haben, so lassen Sie sich diesen Einwurf sogar nicht anfechten, daß Sie ihn vielmehr umkehren, und die Römischkatholischen vor den Lutheranern und Reformirten auch in so fern glücklich preisen, weil jene Gelegenheit haben, eine aus vielen Kindern bestehende Familie durch Bestimmung eines oder mehrerer davon zum geistlichen Stande desto besser zu versorgen. Sie sagen, ehe man z. E. eine Tochter im ledigen Stand veralten lasse, stehe ihr das Kloster offen. Ist aber das allemal auch der Gedenkungsart der Tochter gemäß? Und hat man nicht Beyspiele genug, daß bey vielen Verdruß und Verzweiflung am Ende das Loos gewesen, wenn sie wider ihren Willen den Schleyer haben annehmen müssen? Und nimmt man jede Tochter in das Kloster auf, ohne eine Mitgabe? Mit einem Heurathgut, dergleichen man den Klöstern opfern muß, würde sie auch eine anständige Heurath haben treffen können. In den Nachrichten von Klostersachen, deren ich neulich Meldung gethan habe, kommt eine gar merkwürdige hieher gehörige Geschichte vor. Der reiche Wechsler in D . . hatte auf Zusprechen seines Beichtvaters seine Tochter in einem Frauenkloster erziehen lassen. In diesem Kloster gab man ihr den Nonnenstand sehr süß ein; und da man ihr allerley schöne Sachen, als schöne Bildlein, Ostereyer von den allerschönsten Farben, und mit silbernem Drath überzogen, schöne Christkindlein, und aus Wachs verfertigte schöne Klosterfrauen verehrte, so wurde sie auf einmal vom Himmel erleuchtet, und spürte einen innerlichen Trieb zur Vollkommenheit des Klosterlebens. Hören Sie weiter! Der P. Beichtvater brachte dem Vater der Monica, (so hieß das liebe Kind) diese erfreuliche Nachricht. Er wurde gleich beym Mittagessen behalten, und das erste Präsent waren zwo Büchsen Tobak. Aber auch ins Kloster wurden gleich 2 Kälber, ein paar Duzend Hühner, und eben so viel Bouteillen Wein geschickt. Die fromme Tochter mußte bald hierauf bey der Aebtissinn und dem ganzen Convent um die Aufnahme demüthig anhalten. Vorher aber wollte man doch noch wissen, wie es mit ihrem Vermögen stünde, und wie viel der Vater der Tochter mitzugeben entschlossen sey? Dieser versprach 2000 fl. Die Aebtissinn stutzte, und trug die Bedenklichkeit vor: Sie wüßte noch nicht recht, ob es der göttliche Wille sey, daß Monica ins Kloster gehe. Der Vater aber besann sich, und weil es durch eine obrigkeitliche Verordnung verboten ist, mehr als 2000 fl. ins Kloster zu bringen, versprach er, noch 2000 fl. Als ein geistliches Präsent freywillig darzureichen, auch noch ferner seine Dankbarkeit zu bezeugen. Die Sache wurde nun sogleich richtig, und die Aebtissinn erklärte, daß sie jetzt vom Himmel vollkommen belehrt sey, daß die liebe Monika ganz gewiß einen göttlichen Beruf zum Klosterleben habe. Den Schluß, den ich aus dieser bedenklichen Geschichte ziehe, werden Sie nicht für übereilt halten, daß, wenn ein Protestant einer Tochter 40000 fl. Heurathgut zu geben im Stand ist, er eines Nonnenklosters zur Versorgung seines Kindes ganz bequem entrathen kann. Auf diese Art werden nicht sowohl Kinder versorgt, als Klöster; und ich glaube gern, daß, wenn alle Monathe ein solcher Fang in jedem Kloster, wie bey der Monika, gethan würde, das für einen großen und offenbaren Seegen vom Himmel gelten müßte. Verstehen Sie mich wohl, bey den Ordensgeistlichen für ihr Gotteshaus; den Layen aber, die ihre Kinder geistlich werden lassen, würde man sagen, ihr Geld könne nicht besser und sicherer aufgehoben werden, als auf diese Weise; neben dem, daß jene aus der eiteln, gefährlichen Landstraße der Welt in einen sichern Ort kommen, wo sie keine Verführung mehr anrühren könne; das seye mehr als Gelds werth, und es verlohne sich allerdings, daß ein Vater, der für seiner Kinder wahres Wohl ernstlich sorge, einen Kapitalbrief von etlich tausend Gulden nicht ansehe, den er einem Kloster opfere, da er ja einen Tochtermann bekommen könne, der dieses Geld in kurzem verschwende, hinweg sterbe, und nichts mehr, als eine betrübte Wittwe, und kummervolle Waisen hinterlasse. Ein feiner Anstrich, den man dieser Sache giebt, der aber, leider, nicht Farbe hält! Ich will hierüber nicht länger mit Ihnen disputiren, sondern die Entscheidung der erleuchteten Welt getrost überlassen, ob es an dem

sey, daß alle diejenigen, die sich dem Mönchsleben widmen, eben
deßwegen besser versorgt seyn, als wenn sie, mit den Ordensgeistlichen zu reden, in der Welt geblieben wären. Nun komme ich auf
Ihren in der That sonderbaren Einfall – nehmen Sie mir diesen Aus-
druck nicht übel – daß durch die Erbauung so vieler prächtigen
Kirchen und Klöster der Nahrungsstand in der katholischen Kirche
in Aufnahme komme, und die schönen Künste, z. E. Bildhauer=
Maler= und Baukunst geübet, immer höher gebracht, auch die Talente bey den Künstlern und bey jungen Leuten, die sich aucf jene
Künste legen, erweckt und erhöht werde, welches alles bey den
Protestanten nicht anschlage, der Umlauf des Geldes also in diesen
Staaten bey weitem nicht so stark seye, als in den Katholischen. Ich
will mich bemühen, Ihnen meine Gedanken hierüber kurz zu eröf-
nen. Sie sagen von einer Kirche, die irgendwo würklich gebaut
werde, und 50.000 fl. koste. Das sind kaum die Interessen von dem
Capital, das das Kloster besitzt. Dieses und die übrigen Interessen
circuliren nicht, sondern werden als ein todter Schatz aufgehoben,
und dem jüngsten Tag zu verzehren überlassen. Wie viel armen
Leuten könnte man davon beyspringen, jungen angehenden Haus-
hältern unter die Arme greifen, arme Mägden aussteuern, in Zerfall,
ohne Schuld, gerathenen Familien wieder aufhelfen, und sonst Dinge damit thun, die mehr Nutzen schafften, als eine noch so schöne
Kirche. Ein Crucifix, das etliche Gulden kostet, dergleichen auch die
Lutheraner in ihren Kirchen haben, thut eben die Dienste zur Erwe-
ckung andächtiger und gottseeliger Gedanken, als eine Malerey auf
einem Altarblatt, die oft mit viel 1000 fl. bezahlt werden muß. Das
lasse ich mir nicht ausreden. Ich bin kein Feind von unschuldigen
Zierrathen in den Gotteshäusern, auch von solchen, bey denen große Künstler ihr Genie zeigen. Aber ich habe doch auch meine Zweifel bey den überhäuften Schönheiten, womit solche heiligen Gebäude mehrmal recht überladen werden. Die Augen gewinnen dabey
mehr, als das Herz; und es wäre einmal Zeit, auch in der katholischen Kirche den Pöbel je mehr und mehr von der Sinnlichkeit zu
entwöhnen, und ihn auf geistige Gegenstände aufmerksamer zu
machen. Was Sie aus dem Vater Tertullian anführen, daran hat
dieser gute Mann gewiß nicht gedacht, daß es einmal auf die Mönche, so wie sie jetzt sind, applicirt werden würde. Es wäre schön,
wenn die Mönche so wären. Aber sie haben mehr Sorgen, als die
Weltleute. Ich will es nicht sagen, worinn?

Leben Sie wohl.

XIV. Brief.

Antwort auf den vorhergehenden.

Machen Sie sich auf eine ernstliche Unterhaltung mit mir gefaßt. Ich gebe die Sache der Mönche noch nicht verlohren. Sie sollen in gegenwärtigem Schreiben die Antwort auf ein Argument wider die Ordensgeistlichen antreffen, das bisher unüberwindlich schiene. Wissen Sie wohl, daß der ehelose Stand dieser Leute eine wahre Wohlthat für sie selbst und für das menschliche Geschlecht überhaupt ist? Das möchte ich hören, werden Sie sagen. Verurtheilen Sie mich nicht voraus; sondern geben Sie Achtung, wie ich meinen Beweis führen werde. Der Cölibat ist eine Wohlthat für die Mönche selbst. Das ist das erste. Er ist vortheilhaft für ihren Leib und Gesundheit; vortheilhaft für ihre Seele; und dann auch für ihr ganzes äusserliches Verhältniß. Daß der ehelose Stand der Gesundheit sogar keinen Schaden bringe, daß er ihr vielmehr nütze, darüber habe ich mit einsichtsvollen Aerzten ausdrücklich gesprochen, und auch gründliche Bücher nachgeschlagen. Es würde ein wenig schmutzig herauskommen, wenn ich die Sache hier ausführlich abhandeln wollte. Begnügen Sie sich also mit dem wenigen, das ich Ihnen jetzt sagen kann. Ich will mehr a posteriori gehen. In keinem Stand giebts ältere und gesündere Leute, als unter der Römischkatholischen Geistlichkeit in und ausser den Klöstern. Das ist unwidersprechlich. Ich habe vor mehrern Jahren eine Liste aller lebenden Cardinäle zu Gesicht bekommen, auf der der Tag ihrer Geburt angemerkt war. Ich erstaunte, als ich sah, welch ein hohes Alter die allermeisten erreichen. Die nächste Ursache davon, auf die mich die von Medicis erlernte Gründe führen, ist die Keuschheit, in der diese Herren ihre Tage zubringen. Verschonen Sie mich mit der hämischen Anmerkung, die ich schon voraus sehe, daß Ehelosigkeit nicht allemal Keuschheit beweise. Sie wissen ja, daß keine zuverläßigere Zerstöhrerinn der Gesundheit und des Lebens der Menschen ist, als die Unkeuschheit in und ausser der Ehe. Ausser der Ehe noch viel mehr. Die vor unsern Augen wandelnde Geripppe von Menschen, deren bleiche Gesichter, schwankender Gang, spitzige Nase, hervorhangende Augen und stinkender Athem laute Prediger ihrer Ausschweifungen sind, sprechen für meinen Satz; so wie die lebhafte Farbe, die man auf den Gesichtern so vieler Mönche und Nonnen sieht, es unwiderleglich macht, daß Keuschheit die Hüterinn unserer Gesundheit und unsers Lebens ist. Ich hoffe, Sie werden mich recht verstehen, und das nicht weiter, als sich gebührt, ausdehnen, keine Klage daraus wider die Stifter des Ehestands, wider den Schöpfer zweyerley Geschlechter machen, und mit Einem Wort mir einräumen, was nicht zu läugnen ist. Sie wissen, was der Lebensbalsam bey dem männlichen Geschlecht ist. Ihn erhalten und nicht versprüzen, muß der Natur eine ganz besondere Festigkeit geben, wie mir erst neulich ein gewissenhafter und rechtschaffener Mönch sagte, da wir in unsern Unterredungen auf diese Materie kamen. Und glauben Sie nicht, daß der Schöpfer, der ja doch alles voraussieht, und also auch den Stand, in den ein jeder Mensch dereinst treten wird, bey dem Bau des Körpers eines solchen Menschen, auch darauf, wenn ich so menschlich reden darf, den Bedacht werde genommen, und ihm nicht so viel von jenem Balsam gegeben habe, als einem andern, dessen Beruf es einmal seyn würde, das menschliche Geschlecht fortzupflanzen? Denke Sie dem, was Sie hier lesen, reiflich nach, Sie werden mir gewiß Recht geben. Die Ehelosigkeit ist aber auch eine Wohlthat für die Mönche, in Ansehung ihrer Seele. Gott mit ungetheiltem Herzen dienen können; durch keine Sorgen der Nahrung für seine Familie gequält werden; dadurch, daß man weiß, man werde in seinem Leben nicht in den Ehestand treten, vor allen Gedanken und Phantasien, die andern, wenn sie nur eine Manns= oder Weibsperson erblicken, gleich ein Gewirre in ihr Gemüth machen, bewahrt bleiben; durch die lange Uebung der Keuschheit sich je mehr und mehr in dieser vortreflichen Tugend festsetzen, durch Abtödtung seiner selbst sich des doni castitatis je länger je fähiger und würdiger machen, sollte das kein Vortheil für die Seele seyn? Ich habe als ein Politicus schon oft die Mönche in diesem Stück beneidet. Wir Laien wollen auch in den Himmel kommen; aber wie schwer wird es uns, wenn wir uns mit jenen vergleichen! Ich will hier nur bei den Hindernissen der Seeligkeit, die man im Ehestand findet, stehen bleiben. Mein, wie viele sind deren! In den Jünglingsjahren vertändelt man manche Zeit, bis man eine Person findet, bey der man glücklich zu seyn hofft. Man läßt sich durch die Leidenschaften des Ehr= und Geldgeitzes, der Wollust, von einem Gegenstand zum andern hinreissen. Heut gefällt diese; morgen eine andere. Endlich bricht man mit seinem Entschluß los, und wählt, und wird gemeiniglich – betrogen – Lassen Sie doch das Ihre liebe Frau nicht lesen. Sonst giebts Auftritte, die schlimmer sind, als der mit Ihrem lieben Xaver. Setzen Sie den Fall, daß einer in seinem Ehestand den rechtschaffenen, tugendhaften, gottseeligen Mann machen will. Er hat sich ein Frauenzimmer ausersehen, die er für tüchtig hielt, durch sie in seinen löblichen Absichten gefördert zu werden; die in ihrem ledigen Stand alle gute Hofnung von sich gab, daß sie jeden, der sie zur Gattin bekäme, glücklich machen würde. Aber – die Scene ändert sich. Die liebe Hälfte, in deren Besitz man sich den Himmel versprach, findet für gut, die Maske abzunehmen, und dem Ehemann eine – Xantippe zu zeigen. Das Christenthum, das sie vorher von sich blicken ließ, war nur Firniß; ihre Tugend bloß angenommenes Wesen, um damit geschwind, weil doch Lasterhafte immer lieber Tugendhafte, als ihres gleichen, zu Gatten haben wollen, einen Mann zu erhaschen; ihre Sittsamkeit wird zur Arglist; ihre Stille zu heimtückischem Wesen, ihre Liebe zur Reinlichkeit verwandelt sich in Hang zu Pracht und Staat, ihre ihre Sparsamkeit wird zum Geiz; das gefällige Wesen, das sie in den ersten Wochen des Ehestandes zeigte, verliert sich, und Herrschsucht kommt an seine Stelle. Der Mann findet die Sache ganz anders, als ihm seine süßen Träume ehmal gesagt hatten. Er braucht gute Worte, um seine Juno in eine Penelope umzuschaffen. Er kehrt das Rauhe heraus, wenn jenes nicht helfen will. Er redet, und schweigt – und lacht, und weint. Aber alles vergebens! Der Mann verfällt aus Verzweiflung auf Abwege, um sich den Unmuth zu vertreiben; wird lasterhaft, verwünscht alle Freuden des Ehestandes, und eilt der Hölle zu, da er, wenn er ein Mönch geworden, und ausser der Ehe geblieben wäre, nach seiner guten Anlage hätte zum Heiligen werden können. Er geht also verlohren, und das darf er niemand beymessen, als derjenigen Person, in deren Umgang er den Himmel auf der Erde zu haben gemeynt hatte. Glückliche Mönche! von allen diesen Versuchungen, und noch von weit mehrern seyd ihr frey. Euer Geschäft ist, den ganzen Tag euer Gemüth mit göttlichen Dingen zu unterhalten, ohne durch jemand darinn gestört zu werden. Eure Seele und Seeligkeit ist in Sicherheit, wenn verheurathete Personen mit genauer Noth, und noch dazu der wenigste Theil, dem ewigen Verderben entrinnen.

Getrauen Sie sich wohl, etwas hiewider einzuwenden, lieber Freund? Ich sehe zwar Ihren spitzigen Pfeilen, die Sie auf mich in Ihrer Antwort losdrücken werden, schon entgegen. Aber Sie wissen ja: tela praevisa minus nocent – und Sie sollen noch einen Beweis hier lesen, daß der ehelose Stand eine Wohlthat für die Mönche sey, der, wenn Ihnen auch das bisherige nicht ganz sollte Genüge gethan haben, vollends gar entscheiden muß. Der Cölibat ist ein Vortheil für sie, in ihrem ganzen äusserlichen Verhältniß betrachtet. Durch den Ehestand tritt man in eine Menge von Verbindungen mit der Welt, auf die man in seinem Thun und Lassen immer Rücksicht zu nehmen hat. Man bekommt Anverwandter, die man vorher nicht gehabt hatte. Es ist oft sehr schwer, sich von ihnen loszuwickeln, wenn sie uns in ihr Interesse ziehen wollen; und mehrmalen erfordert es unser eigener Vortheil, sich mit ihnen einzulassen. Von dem allem weiß ein Mönch nichts. Er hat kein anderes Interesse, als das heil seiner Seele; keine andere Verbindung als mit der Kirche, seiner Mutter. Er ist ja sogar aus seinem Vaterland, aus seines Vaters Haus und aus seiner Freundschaft ausgegangen; er hat alles Irdische verlassen. Er wandelt nur noch auf Erden, unter den Menschen; aber sein Sinn und Herz gehet über Erde und Welt hinaus; und es ist, als ob er nicht mehr zu den Bürgern der Welt gehörte, wenn wenn er schon unter ihnen lebt und wandelt. Seiner leiblichen Bedürfnisse halber muß er zwar oft mit Weltmenschen umgehen; das thut er aber immer unter heimlichem Seufzen und genauer Wachsamkeit, daß er nicht beschmitzt werde, und Schaden an seiner Seele nehme. Auf diese Weise schlägt er sich durch; und da ihn keine Frau und Kinder in seinem geistlichen Betrachtungen stören; da er nicht nöthig hat, für sie auf die Zukunft zu sorgen, sich oder ihnen gute Freunde zu machen, und diesen zu Lieb oft einen Schritt zu thun, der einen sauer ankommt; so ist es, denke ich, in den Augen eines jeden Unparteyischen ausgemacht, daß der Mönch auch in Ansehung seiner ganzen äusserlichen Verhältniß dadurch unendlich beglückt ist, daß ihn die Kirche vom Ehestand dispensirt.

Ich habe Ihnen oben versprochen, daß der Cölibat der Mönche auch eine Wohlthat für des menschliche Geschlecht überhaupt sey. Sie müssen mir das noch lesen, wenn Ihre Geduld auch nur noch an einer Spinnwebe hienge. Es ist mir unbegreiflich, daß bisher niemand von den warmen Vertheidigern des Mönchsstandes auf diese

Entdeckung gefallen ist, die ich hiemit Ihrem reifen Urtheil heimstelle, und auf die ich mir mehr, als auf alles, was ich bisher diesen guten Leuten zum Vorschub gesagt habe, einbilde. Gesetzt, es hätte seine Richtigkeit, was man seit geraumen Jahren so mit Heftigkeit behauptet, und so behauptet, daß fast niemand das Herz hat, ein Wort dawider zu sagen; ein Fürst müsse das zur Hauptsache machen, seine Staaten zu bevölkern; sein wahrer Reichthum bestehe in der Menge von Unterthanen; um diese zu vermehren, müsse er alles thun, und aus andern Ländern mit Anbietung allerhand Vortheile Leute in die seynigen herbeylocken. Gesetzt, sage ich, das hätte seine ausgemachte Richtigkeit – wiewohl die Herren Politiker, die so aus vollem Halse schreyen: Fürsten, bevölkert eure Staaten! Auch den Fürsten zeigen sollten, wie man den Unterthanen zu essen geben sollte: so kann man doch nicht in Abrede seyn, daß es Zeiten geben könne, in denen man Entvölkerung wünschen muß. Man denke an die Jahre 1770. 1771. und zum Theil 1772. zurück. Diese sind nun, Gottlob, vorbey, und dürften so bald nicht wieder kommen, welches der Himmel geben wolle! Aber damal war eben doch die große Menge Volks kein Seegen. Wo nehmen wir Brod her in der Wüste? hieß es in jenen Jahren. Wie wenig war das, was die Erde damals hervorbrachte, unter so viele! Glauben Sie noch nicht, daß es zu viele Menschen geben könne? Ich weiß nicht, was für ein neuerer Schriftsteller, (ich glaube, es ist Jerusalem, – Ihnen darf ichs wohl sagen, daß mir auch bisweilen Schriften von Protestanten unter die Hände kommen –) den Ausdruck irgendwo gebraucht: alles scheine einen allgemeinen Banquerout der Natur zu drohen, und alle Cabinette der Fürsten vereinigen sich mit den Societäten der Wissenschaften, den fürchterlichen Folgen davon vorzubauen. Die Aecker, die Bergwerke, die Forsten, die Viehzucht, nichts scheine für die nöthigen Bedürfnisse mehr hinreichend zu seyn. Man mache Versuche über Versuche, wie man der Erde eine größere Fruchtbarkeit geben, das Korn vermehren, die Holzungen vervielfältigen, die Landesprodukte verreichern, und neue Quellen entdecken möge. Was bedarfs dieser Klagen? Man steure der allzustarken Bevölkerung, so wird dem Banquerout der Natur vorgebogen. Tausend Personen essen und trinken nicht so viel, und brauchen nicht so viele Kleider, als zehentausend. Und warum soll die Volksmenge vortheilhaft seyn, wenn sie sich nicht ernähren können? Lieber eine halbe Million Unterthanen weniger, die Nahrung haben, als 500.000

Seelen mehr, die nach Brod schreyen. Sie wissen aus der Geographie, daß China das bevölkertste Land in der Welt ist. Man liest die Nachrichten davon mit Erstaunen. Städte, worinn 1 – 2 Millionen Menschen sind, und deren nicht nur Eine, oder zwo. Dörfer, die mehr Leute enthalten, als Paris und London. Ausserdem ist das Reich eines der fruchtbarsten auf dem Erdboden. Ein jeder Fleck Landes ist angebaut. Der Ackerbau ist in dem grösten Ansehen; und um ihn dabey zu erhalten, pflegt der Kaiser alle Jahre Einmal in in Begleitung seines Hofstaats mit großer Feyerlichkeit selbst mit eigener höchster Hand einen Acker zu pflügen. Dem ungeachtet ist die Armuth nirgends größer, als in China. Die Menge des Volks ist zu groß. Man behauptet, es enthalte 158 Millionen Einwohner. Eine fürchterliche Anzahl! Sie haben nicht alle Platz in Städten und Dörfern, so daß ganze Flüsse mit Schiffen angefüllt sind, die Jahr aus Jahr ein darinnen, wie in den Häusern, wohnen. Diesem Unheil in China wäre durch eine tüchtige Anzahl von Mönchs= und Nonnenklöstern bald gründlich abgeholfen. Die Ehelosigkeit würde bald mehr Platz in diesem Kaiserthum machen. Mich wundert, daß die Jesuiten, die ehmal in so großem Ansehen darinnen standen, und die immer gegründete Ansprache auf gute Einsichten in allen Dingen, also auch in der Staatskunst, Policey und dem Cameralwesen machen konnte, dem Kaiser und den Großen nicht die Augen in diesem Stück geöfnet haben. Doch, wer weiß, was geschehen wäre, wenn sie das Glück gehabt hätten, den Kaiser, den Hof und das ganze Reich zum christkatholischen Glauben zu bekehren? An Klöstern von allen Orden würde es alsdann nicht gefehlt haben, und dadurch müßte in 20 – 30 Jahren die ungeheure, der Armuth beförderliche und den Staat nachtheilige Volksmenge ganz gewiß verringert worden seyn. Die Kriege nehmen heut zu Tage bey weitem nicht so viele Leute mehr weg, als ehemalen, seit dem sich die Kriegskunst nicht nur geändert hat, sondern auch die Großen der Erde Länder ohne Schwertstreich zu erobern wissen, und durch Traktaten ihre Staaten zu vermehren, die Kunst gelernt haben. Dabey nimmt die Anzahl der Menschen und mit dieser die Bedürfnisse, auch solche, die der Luxus erfunden hat, immer mehr zu. Diese seegnen sich freylich über ihrer mehreren Bevölkerung vor den Katholischen. Aber es wird nicht lange mehr anstehen, so werden sie darüber, freylich nicht zu ihrem Vergnügen, zurecht gewiesen werden. Je mehr es Menschen in einem Land, oder in einer Stadt giebt, desto höher ist auch der Preis der Lebensmittel, und desto drückender für die Armen, deren immer die gröste Anzahl ist. Wohlfeile Zeiten sind ja allezeit angenehmer, als theure. Jene hat man zu gewarten, wenn der Leute nicht zu viele sind. Und diesen Endzweck befördert nichts so zuverläßig. Als die Mönche und Nonnen, und zwar diese, in so fern sie ihr Leben ehelos zubringen. Sie müßten sehr ungerecht seyn, wenn Sie nun noch einen Augenblick anstehen wollten, meinem Beweis, den ich in diesem Brief geführt habe, seine volle Kraft zuzugestehen, daß der ehelose Stand der Geistlichen eine wahre Wohlthat für die menschliche Gesellschaft überhaupt sey. Ich bin meiner Sache dießfalls so gewiß, daß ich keine Wort mehr darüber verlieren will. – Nur noch das, ehe ich schließe. Warum haben Sie mir nicht auf die Stelle aus Schmids Geschichte der Deutschen: daß die Mönche so viel öde Plätze angebauet haben, geantwortet?

Ich bin etc.

XV. Brief.

Antwort auf den vorhergehenden.

Ihr böses Gewissen, lieber Freund – verzeihen Sie mir diesen Eingang, spricht aus Ihrem ganzen Brief heraus. Wollten Sie mir Staub in die Augen werfen, daß Sie gleich damit anfangen, sich anheischig zu machen, bisher unwiderleglich geschienene Dinge zu beantworten? Ich habe viel erwartet. Sie haben sich auch wirklich mit einem langen Brief in Unkosten gesetzt. Desto kürzer aber, Ihnen zur Strafe, soll meine Antwort seyn. Ein gutes Gewissen bedarf wenig Worte. Nicht ausführlich, aber desto bündiger, will ich Ihnen vorlegen, was jeder, der nicht durch die Brille nach den Mönchen guckt, für solide Wahrheit halten wird. Ihren Lobserhebungen nach, die Sie dem Cölibat machen, sollten Sie heute noch sich von Ihrer lieben Hälfte scheiden lassen. Wissen Sie, daß dieses aus Ihren Deduktionen nicht nur für Sie selbst, sondern für jedermann folgt, und daß ein Landesherr nicht väterlicher für seine Unterthanen sorgen kann, als wenn er ihnen kurz und gut den Ehestand verbietet? Wenn der ehelose Stand für die Gesundheit der Mönche vortheilhaft ist, so ist ers auch für die Gesundheit aller Menschen. Denn die Mönche und Nonnen sind Menschen, wie andere. Ihre Aerzte und Arzneybücher fechten mich nicht an. Das kann kein vernünftiger Arzt sagen, was Sie sagen, oder er behauptet, Gott habe deswegen zweyerley Geschlechter erschaffen, damit sie einander fein gewiß um ihre Gesundheit , Leib und Leben bringen. Und was wollen Sie mit Ihrer Liste der alten Cardinäle? Sind das die Leute, die das ganze menschliche Geschlecht ausmachen? Aus Achtung für dieses heilige und ehrwürdige Collegium will ich erst meinen Hauptzweifel nicht vorbringen, der Ihr ganzes Gebäude nicht nur wankend machen, sondern gar stürzen würde. Der ehelose Stand soll ferner vortheilhaft für die Seele der Mönche seyn! Gott, was das für ein Ausfall wider deine Liebesabsicht ist, alle Menschen, nicht die Mönche und Nonnen allein, selig zu machen! Wenn es in einem ganzen Land 100 und 1000 unglückliche Ehen giebt, sind es denn alle? Geschwind, bekennen Sie mir, daß Sie sich da gröblich übereilt haben. Der Mann, den Sie durch ein böses Weib in Unordnungen und denn geraden Wegs in die Hölle hinein gerathen lassen, kann ja – wie viele Exempel hat man von diesem Fall, – sich eben diese Züchtigung zu einem ernstlichen Christenthum treiben lassen, und also erst selig werden, da er vielleicht sonst, wenn ihm alles nach Wunsch gegangen wäre, den Weg zur Hölle betreten hätte. Nun, was Sie weiter sagen, daß der Cölibat eine Wohlthat für die Mönche in Ansehung ihrer äusserlichen Verhältniß sey, ja – das ist so, daß ich zur Ehre der Mönche wünschte, daß Sie es nicht gesagt hätten. Denn es ruhet auf einem Felsengrunde – scilicet. Der Mönch hat also kein anderes Interesse, als das Heil seiner Seele? Er wandelt nur auf Erden, aber sein Herz ist im Himmel! Wenn das ein Mönch liest, so wird er sich des Lachens nicht enthalten können, und sich in seinen Busen hinein freuen, daß man von ihm und seines gleichen so viel Gutes Denkt, das er selbst nicht glaubt. Ihre Freyheit von äusserlichen Verbindungen wenden die Mönche ganz anders, als zum Besten der menschlichen Gesellschaft, an. Sie benutzen sie zur Vergrößerung der äußerlichen Macht des Pabstes, der ihnen ihre Dienste hinwiederum im Zeitlichen wacker zu vergelten weiß. Eine Hand wascht die andere. Das ist eben die Klage der Bestgesinnten in der katholischen Kirche, und ich hoffe, der Zeitpunkt sey nahe, daß ihr abgeholfen werde. Aber wissen Sie was, – ehe ich auf Ihr Entvölkerungssystem komme, muß ich vom Schaden des ehelosen Standes der Mönche für die menschliche Gesellschaft etwas sagen, das Ihnen gewiß einleuchten wird. Lebten die Mönche im Ehestand, und zeugten Kinder, was würden das für vortrefliche Geschöpfe seyn! Tugend und Gottseeligkeit brächten sie aus Mutterleibe mit. Ihre Erziehung könnte nicht anders, als ein Meisterstück der Erziehung seyn, worüber alle unsere Erziehungsmeister in diesen Tagen sich in ihr Herz hinein schämen müßten. Sie müßten natürlicher Weise auch Mönche und Nonnen werden, wie ihre Väter und Mütter, gerade, wie unter den Laien der Schuster seine Söhne auch zu Schustern macht. Was für ein auserwählter Saame zu einer Nachkommenschaft, der von den Engeln nicht viel unterschieden seyn würde! Erst neulich wollte mir zwar ein Spötter das Argument gerade umkehren. So wenig er für den Mönchsstand eingenommen ist; so lobte er doch die Verordnung der Kirche in Ansehung des Cölibats. Er mahnte mich an Aesops Fabel bey Gelegenheit der Hochzeit eines Diebs. Boshaft und ungerecht genug gegen die Mönche! Erlauben Sie mir nun, nur noch ein paar Worte über Ihre ausgesuchte Gedanken wegen der Entvölkerung. Sie

kommen am besten weg, wenn Sie eingestehen, daß das Satyre war.
Denn darauf kann Ihnen jedes Kind antworten. Schwätzen Sie mir
von dem volkreichem und armen China vor, was Sie wollen; ich
setze Ihnen das bevölkerte, von Natur arme, aber durch Fleiß und
Arbeitsamkeit reiche Holland entgegen. Ist Spanien reich oder arm?
Antworten Sie. Und das ist das Paradies der Mönche. Die Armuth
hat dieses von der Natur so unvergleichlich geseegnete Königreich
der Entvölkerung, und die Entvölkerung den Mönchen zu danken.
Und so ists auch im Kirchenstaat. Ich schone Ihrer, daß ich hier
abbreche. Schmidt hat in seiner Geschichte der Deutschen recht.
Aber das haben die Mönche vor etlich 100. Jahren gethan. Jetzt ge-
schiehet solches nicht mehr von Ihnen.

Leben Sie wohl.

Ende des I. Bändchens.

Im II. Bändchen sollen die Leser die Fortsetzung dieser Correspondenz inne werden.

Über tredition

Eigenes Buch veröffentlichen

tredition wurde 2006 in Hamburg gegründet und hat seither mehrere tausend Buchtitel veröffentlicht. Autoren veröffentlichen in wenigen leichten Schritten gedruckte Bücher, e-Books und audio-Books. tredition hat das Ziel, die beste und fairste Veröffentlichungsmöglichkeit für Autoren zu bieten.

tredition wurde mit der Erkenntnis gegründet, dass nur etwa jedes 200. bei Verlagen eingereichte Manuskript veröffentlicht wird. Dabei hat jedes Buch seinen Markt, also seine Leser. tredition sorgt dafür, dass für jedes Buch die Leserschaft auch erreicht wird.

Im einzigartigen Literatur-Netzwerk von tredition bieten zahlreiche Literatur-Partner (das sind Lektoren, Übersetzer, Hörbuchsprecher und Illustratoren) ihre Dienstleistung an, um Manuskripte zu verbessern oder die Vielfalt zu erhöhen. Autoren vereinbaren direkt mit den Literatur-Partnern die Konditionen ihrer Zusammenarbeit und partizipieren gemeinsam am Erfolg des Buches.

Das gesamte Verlagsprogramm von tredition ist bei allen stationären Buchhandlungen und Online-Buchhändlern wie z. B. Amazon erhältlich. e-Books stehen bei den führenden Online-Portalen (z. B. iBookstore von Apple oder Kindle von Amazon) zum Verkauf.

Einfach leicht ein Buch veröffentlichen: **www.tredition.de**

Eigene Buchreihe oder eigenen Verlag gründen

Seit 2009 bietet tredition sein Verlagskonzept auch als sogenanntes "White-Label" an. Das bedeutet, dass andere Unternehmen, Institutionen und Personen risikofrei und unkompliziert selbst zum Herausgeber von Büchern und Buchreihen unter eigener Marke werden können. tredition übernimmt dabei das komplette Herstellungs- und Distributionsrisiko.

Zahlreiche Zeitschriften-, Zeitungs- und Buchverlage, Universitäten, Forschungseinrichtungen u.v.m. nutzen diese Dienstleistung von tredition, um unter eigener Marke ohne Risiko Bücher zu verlegen.

Alle Informationen im Internet: **www.tredition.de/fuer-verlage**

tredition wurde mit mehreren Innovationspreisen ausgezeichnet, u. a. mit dem Webfuture Award und dem Innovationspreis der Buch Digitale.

tredition ist Mitglied im Börsenverein des Deutschen Buchhandels.

Dieses Werk elektronisch lesen

Dieses Werk ist Teil der Gutenberg-DE Edition DVD. Diese enthält das komplette Archiv des Projekt Gutenberg-DE. Die DVD ist im Internet erhältlich auf **http://gutenbergshop.abc.de**